GIUSEPPE TOMASI DI LAMPEDUSA

DIE SIRENE

W0349116

SERIE PIPER
Band 422

Zu diesem Buch

»Jede Seite steht in lebendiger Beziehung zum ›Leoparden‹«, urteilte Giorgio Bassani über diese Erzählungen und Erinnerungen. Am unmittelbarsten knüpft »Aufstieg eines Pächters« an den Roman Tomasi di Lampedusas an: Es sind die Nachfahren des »großen Fürsten« Salina und die seines Verwalters, die nun, fünfzig Jahre danach, auf einer kleiner gewordenen Bühne agieren. Der Niedergang einer feudalen Gesellschaftsschicht, die in Sizilien mächtiger war als im übrigen Italien, ist nun endgültig vollzogen.

»Freude und moralisches Gesetz«, eine kleine, an Maupassant erinnernde Novelle, führt in eine ganz andere Welt, die der kleinen Angestellten in der Großstadt. Die versteckte soziale Anklage jedoch verweist zurück auf den Autor des »Leoparden«, der ja nicht zuletzt »eine große politische Anklageschrift« ist (Bassani).

In dem Text »Die Stätten meiner frühen Kindheit« werden das Stadthaus der Lampedusa in Palermo und der Sommersitz auf dem Land beschrieben, Kindheitsparadiese, die vom Autor elegisch beschworen werden. Elegisch ist auch der Grundton der Titelerzählung, zugleich voll Ironie und Sinnlichkeit. Über diese Geschichte eines alten Mannes, der in seiner Jugend die Liebe einer Sirene erfahren hat und deshalb für den Rest seines Lebens keine andere Frau mehr lieben kann, schrieb die FAZ: »Hätte Lampedusa nur diese Parabel vom Glück und der Einsamkeit des Auserwählten geschrieben, er wäre schon ein großer Dichter.«

Giuseppe Tomasi, Herzog von Palma und Fürst von Lampedusa, geboren 1896 in Palermo, gestorben 1957 in Rom. Bis 1925 Offizier in der italienischen Armee; unternahm während der faschistischen Ära längere Auslandsreisen. Schrieb 1954 innerhalb weniger Monate seinen ersten und einzigen Roman. »Der Leopard«, ein Jahr nach seinem Tod publiziert, wurde binnen kurzem ein Welterfolg.

GIUSEPPE TOMASI
DI LAMPEDUSA

DIE SIRENE

ERZÄHLUNGEN

Mit einem Nachwort
von Giorgio Bassani

PIPER
MÜNCHEN ZÜRICH

Aus dem Italienischen von Charlotte Birnbaum
Die Originalausgabe erschien 1961
unter dem Titel »Racconti« im Verlag Feltrinelli, Mailand.
Von Giuseppe Tomasi di Lampedusa
liegt in der Serie Piper außerdem vor:
Der Leopard (320)

ISBN 3-492-00722-8
Neuausgabe 1985
3. Aufl., 12.–21. Tausend, Oktober 1985
(1. Aufl., 1.–10. Tausend dieser Ausgabe)
© R. Piper GmbH & Co. KG, München 1961, 1985
Umschlag: Federico Luci, unter Verwendung
des Aquarells »Blick auf Procida« (1939)
von Max Pfeiffer Watenphul
Satz: Eugen Göbel, Tübingen
Druck und Bindung: Clausen & Bosse, Leck
Printed in Germany

DIE SIRENE

Im Spätherbst des Jahres 1938 befand ich mich auf einem Höhepunkt von Weltschmerz. Der Schauplatz dieser Menschenverachtung war Turin, wo ich damals lebte. Die ›tota‹ Nr. 1 – wie ein solches Mädchen im Piemont genannt wird – hatte, während ich noch schlief, in meinen Taschen nach irgendeinem Fünfziglire-Schein gesucht und dabei auch ein Briefchen der ›tota‹ Nr. 2 entdeckt, das trotz Fehlern in der Rechtschreibung über die Natur unserer Beziehungen keinen Zweifel ließ.

Mein Erwachen war ebenso plötzlich wie stürmisch gewesen. Die kleine Wohnung in der Via Peyron hallte von piemonteser Wutausbrüchen wider; es wurde auch ein Versuch gemacht, mir die Augen auszukratzen; ich konnte ihn nur dadurch verhindern, daß ich das linke Handgelenk des lieben Mädchens ein wenig verdrehte. Diese vollkommen gerechtfertigte Verteidigungshandlung machte der Szene, doch auch dem Idyll ein Ende. Das Mädchen zog sich rasch an, steckte Puderquaste, Lippenstift, das Tüchlein und den Fünfziglire-Schein, die ›Ursache so großer Übel‹, in die Tasche, warf mir ein dreimaliges ›pourcoun!‹, ›Du Schwein‹, an den Kopf und enteilte. Nie war sie so reizend gewesen wie in dieser Viertelstunde der Wut. Vom Fenster aus sah ich, wie sie aus dem Hause trat und sich im leichten Morgennebel entfernte, groß, schlank, im Schmuck wiedergewonnener Eleganz.

Ich habe das Mädchen nie wiedergesehen, genausowenig wie einen Pullover aus schwarzem Kaschmir, der mich sehr viel Geld gekostet hatte; er besaß den verhängnisvollen Vorzug, daß er von Männern wie von Frauen getragen werden konnte. Sie hinterließ nur auf dem Bett zwei von den sogenannten unsichtbaren gekrümmten Lockennadeln.

Am selben Nachmittag hatte ich eine Verabredung mit Nr. 2 in einer Konditorei an der Piazza Carlo Felice. An dem kleinen runden Tisch – ›unserem‹ – in der Westecke des zweiten Saales erblickte ich nicht das kastanienbraune Haar des mehr als je ersehnten Mädchens, sondern das spitzbübische Gesicht des zwölfjährigen Tonino, eines Bruders von ihr; er hatte gerade eine Schokolade mit doppelter Schlagsahne verschlungen. Als ich nähertrat, erhob er sich mit der üblichen Turiner Artigkeit. »Monsù«, sagte er, »die

Pinotta kommt nicht her. Sie hat gesagt, ich solle Ihnen das Briefchen hier geben. Leben Sie wohl, Monsieur.« Und er nahm die beiden *brioches,* die noch auf dem Teller lagen, und ging. Auf der kleinen, elfenbeinfarbenen Karte tat man mir kund, daß ich verabschiedet sei, ganz und gar, auf Grund meiner abscheulichen Art und ›südlichen Unehrenhaftigkeit‹. Es war klar, daß Nr. 1 die Nr. 2 ausfindig gemacht und gegen mich aufgewiegelt hatte und daß ich nun zwischen zwei Stühlen saß.

Innerhalb von zwölf Stunden hatte ich zwei Mädchen verloren, die sich gegenseitig aufs nützlichste ergänzten, plus einen Pullover, auf den ich große Stücke hielt; obendrein mußte ich noch das bezahlen, was der unersättliche Tonino verzehrt hatte. Meine höchst sizilianische Eigenliebe war gedemütigt: man hatte mich gekränkt. So beschloß ich, die Welt und ihre Pracht auf einige Zeit zu verlassen.

Für diese Zeit der Zurückgezogenheit konnte man keinen günstigeren Ort finden als das Café in der Via Po, wohin ich mich nun begab, einsam wie ein Hund, in jedem freien Augenblick und immer abends nach meiner Arbeit an der Zeitung. Es war eine Art Hades, bevölkert mit den blutleeren Schemen von pensionierten Oberstleutnants, Stadträten und Lehrern. Diese hinfälligen Erscheinungen spielten Dame oder Domino; sie waren am Tag von den Laubengängen und Wolken, am Abend von den riesigen grünen Lampenschirmen in ein trübes Licht getaucht; und sie erhoben nie die Stimme, offenbar weil sie befürchteten, daß durch einen zu lauten Ton das schwache Gewebe ihrer Erscheinung zerfallen könnte.

Eine höchst geeignete Vorhölle.

Ich bin ein Gewohnheitstier; so setzte ich mich immer an denselben kleinen Ecktisch, der genau so gebaut war, daß er dem Gast die größtmögliche Unbequemlichkeit bot. Links von mir spielten zwei Gespenster von höheren Offizieren mit zwei Schreckbildern von Appellationsgerichtsräten *Tric-trac;* die Militär- und richterlichen Würfel glitten ohne einen Laut aus dem Lederbecher. Weiter saß links von mir immer ein Herr sehr vorgeschrittenen Alters, in einen abgetragenen Mantel gemummt, dessen Astrachankragen nicht mehr allzuviele Haare aufwies. Er las unaufhörlich ausländische Zeitschriften, rauchte Toskanerzigarren und spuckte häufig; alle Augenblicke klappte er die Zeitschriften zu und schien in den Rauchwindungen irgendeiner Erinnerung nachzuhängen. Danach begann er wieder zu lesen und zu spucken. Er hatte recht häßliche, knochige, rötliche Hände mit geradegeschnittenen, nicht immer sauberen Nägeln; aber als er einmal in einer seiner Zeitschriften auf die Abbildung einer jener archaischen griechischen Statuen stieß, bei denen die Augen weitab von der Nase stehen und um deren Mund ein undeutbares Lächeln liegt, sah ich überrascht, daß seine unschönen Fingerkuppen mit einer geradezu königlichen Zartheit über das Bild hinstrichen. Er merkte, daß ich ihn beobachtet hatte, grunzte wütend und bestellte einen zweiten *Espresso.* Unsere Beziehungen wären auf dieser Ebene latenter Feindseligkeit geblieben, wäre nicht ein glücklicher Zufall dazwischengekommen. Ich brachte von der Redaktion immer fünf oder sechs Tageszeitungen mit, darunter einmal das *Giornale di Sicilia.* Es waren die Jahre, in denen der *Minculpop,* das Ministerium für Volksbildung, ganz besonders wütete: alle Zeitungen brachten dasselbe. Diese Nummer der palermitaner Tageszeitung war banaler denn je und unterschied sich von einer Zeitung aus Mailand oder Rom höchstens durch die typographische Unvollkommenheit. Meine Lektüre war also kurz, und ich ließ das Blatt sehr rasch auf dem Tisch liegen. Kaum hatte ich begonnen, eine andere Inkarnation des *Minculpop* durchzusehen, da richtete mein Nachbar das Wort an mich: »Entschuldigen Sie, mein Herr – würde es Ihnen etwas ausmachen, wenn ich einen Blick in Ihr *Giornale di Sicilia* würfe? Ich bin Sizilianer und habe seit zwanzig Jahren keine Zeitung von dort mehr in der Hand gehabt.« Die Stimme war höchst gebildet, seine Art zu sprechen ohne jeden Akzent; die grauen Augen des Alten betrachteten mich aus einer tiefen Distanz. »Bitte, tun Sie es. Ich bin ebenfalls Sizilianer, und wenn Sie es wünschen, ist es mir ein leichtes, die Zeitung jeden Abend mit hierherzubringen.« »Danke, aber ich glaube, das ist nicht notwendig; meine Neugier ist rein kreatürlich. Wenn Sizilien noch so ist wie zu meiner Zeit, kann ich mir denken, daß dort nie etwas Gutes geschieht, genau wie seit dreitausend Jahren.«

Er überflog das Blatt, legte es wieder zusammen, gab es mir zurück und begann sich in eine Broschüre zu vertiefen. Als er ging, wollte er sich offenbar aus dem Staube machen ohne zu grüßen; aber ich erhob mich und stellte mich vor. Er murmelte seinen Namen so undeutlich, daß ich ihn nicht verstand, streckte mir jedoch nicht die Hand hin; auf der Schwelle am Ausgang aber drehte er sich um, lüftete den Hut und rief laut: »Ciao, Landsmann.« Er verschwand unter den Lauben. Ich blieb verwirrt zurück und stieß inmitten der spielenden Lemuren mißvergnügte Seufzer aus.

Dann zelebrierte ich die magischen Riten, die einen Kellner dahin bringen, daß er erscheint, und fragte ihn, wobei ich auf den leeren Tisch wies: »Wer war der Herr?« »Der!« rief er und fuhr im schönsten Turiner Dialekt fort: »Das ist der Senator Rosario La Ciura.«

Dieser Name sagte selbst meiner lückenhaften journalistischen Bildung viel: er gehörte zu den fünf oder sechs italienischen Namen, die einen unbestrittenen Weltruf besitzen – es war der Name des berühmtesten Gräzisten unserer Zeit. Nun konnte ich mir die umfangreichen Zeitschriften erklären und die Abbildung, über die er zärtlich hingestrichen hatte; auch die Widerborstigkeit und die hohe geistige Kultur, die nicht ohne weiteres in Erscheinung trat.

Am nächsten Tag durchstöberte ich in der Redaktion den Zettelkasten, der die Nachrufe *in spe* enthält. Einen Zettel La Ciura gab es nur einmal; er war immer wieder ergänzt worden. Es hieß da, der große Mann sei geboren in Aci-Castello bei Catania als Sohn einer armen Familie des Kleinbürgertums; er habe dank eines erstaunlichen Sinnes für das Studium des Griechischen Stipendien erhalten, habe gelehrte Arbeiten veröffentlicht und im Alter von siebenundzwanzig Jahren die Professur für griechische Literatur an der

Universität Pavia bekommen; dann sei er an die von Turin berufen worden. Dort war er geblieben, bis er die Altersgrenze erreicht hatte. In Oxford und Tübingen hatte er Vorlesungen gehalten und viele, auch lange Reisen unternommen, denn er war, als vorfaschistischer Senator und Akademiemitglied der *Lincei* in Rom, auch Doktor *honoris causa* von Yale, Harvard, Neu-Delhi und Tokio, und außerdem natürlich Ehrendoktor der berühmtesten europäischen Universitäten von Upsala bis Salamanca. Das Verzeichnis seiner Veröffentlichungen war ellenlang, und viele seiner Werke, besonders die über die ionischen Dialekte, galten als grundlegend; er hatte z. B. als einziger Ausländer den Auftrag gehabt, die Teubner-Edition von Hesiod zu besorgen, und ihr eine lateinische Einführung von unübertroffener wissenschaftlicher Tiefe vorausgeschickt; schließlich – der allerhöchste Ruhm: er war nicht Mitglied der faschistischen ›Akademie von Italien‹. Was ihn von den anderen, ebenfalls höchst gelehrten Kollegen immer unterschieden hatte, war ein lebendiges, fast sinnenhaftes Gefühl für das klassische Altertum. Das hatte sich gezeigt in einer Sammlung italienischer Essays *Menschen und Götter;* einem Werk, dem man nicht nur hohe Gelehrsamkeit zusprach, sondern auch lebendige Poesie.

Kurz – er war ›die Ehre einer Nation und eine Leuchte aller Bildung überhaupt‹, so schloß der, der diese Notizen zusammengetragen hatte. Er war 75 Jahre alt und lebte zwar nicht üppig, aber anständig von seiner Pension und der Vergütung als Senator. Er war Junggeselle.

Es hat keinen Sinn, es zu leugnen: wir Italiener, die Söhne – oder Väter – der Renaissance aus erster Ehe, achten den großen Humanisten als einen Mann, der jedem anderen menschlichen Wesen überlegen ist. Die Möglichkeit, mich jetzt täglich in nächster Nähe des höchsten Vertreters dieser delikaten, nahezu sakromantischen und wenig einträglichen Wissenschaft zu befinden, schmeichelte mir und verwirrte mich; ich hatte die gleichen Empfindungen wie ein junger Amerikaner, der dem Herrn Gillette vorgestellt wird: Furcht, Achtung und eine besondere Art nicht unedlen Neides.

Am Abend ging ich in die Vorhölle hinunter in einer Geistesverfassung, die recht anders war als die der vorhergehenden Tage. Der Senator saß schon an seinem Platz und erwiderte meinen ehrfurchtsvollen Gruß mit einem kaum wahrnehmbaren Gebrumm.

Als er jedoch seinen Artikel fertiggelesen und in sein kleines Taschenbuch die letzten Notizen gemacht hatte, wandte er sich mir zu und sagte mit einer sonderbar musikalischen Stimme: »Landsmann, ich habe aus der Art, wie du mich gegrüßt hast, gemerkt, daß eines der Gespenster hier dir gesagt hat, wer ich bin. Vergiß es, und vergiß auch – wenn du es noch nicht getan hast – die im Gymnasium studierten klassischen Schriftsteller. Sag mir lieber, wie du heißt, denn gestern abend, als du dich vorstelltest, hast du wie üblich irgend etwas gestammelt, und ich kann mir nicht, wie du, damit helfen, daß ich andere nach deinem Namen frage, weil dich hier gewiß kein Mensch kennt.«
Er sprach in einer anmaßend distanzierten Art; man merkte, daß ich für ihn weniger war als ein Roßkäfer, nur so etwas wie die winzigen, körperlosen Stäubchen, die in einem Sonnenstrahl tanzen. Doch die friedliche Stimme, die genaue Ausdrucksweise, das ›Du‹ hinterließen die heitere Empfindung eines platonischen Dialogs.
»Ich heiße Paolo Corbèra, bin in Palermo geboren und habe dort den Dr. jur. gemacht; jetzt arbeite ich hier in der Redaktion der *Stampa*. Um Sie zu beruhigen, Senator, will ich hinzufügen, daß ich im Abitur in Griechisch die ›fünf plus‹ gehabt habe; und ich habe

Grund, anzunehmen, daß das ›plus‹ nur darum hinzugefügt worden ist, damit ich nicht durchfiel.«

Er lächelte leicht. »Danke, daß du mir das gesagt hast; besser so. Ich verabscheue es, mit Leuten zu reden, die glauben, sie wüßten etwas, während sie doch nichts wissen – wie meine Kollegen von der Universität; im letzten Grunde kennen sie nichts als die äußeren Formen des Griechischen, seine Sonderbarkeiten und Entstellungen. Den lebendigen Geist dieser Sprache, die man törichterweise ›tot‹ nennt, den haben sie nicht erkannt. Sie haben übrigens überhaupt nichts erkannt. Nun – es sind arme Kerle; wie können sie diesen Geist spüren, wo sie doch nie die Gelegenheit gehabt haben, das Griechische zu hören!«

Der Stolz – schön und gut; er ist der falschen Bescheidenheit vorzuziehen. Aber mir schien, der Senator übertreibe; es fuhr mir auch durch den Sinn, die Jahre könnten dieses Ausnahme-Gehirn ein wenig erweicht haben. Seine Kollegen, die armen Teufel, hatten genausoviel Gelegenheit gehabt, das antike Griechisch zu hören, wie er – nämlich niemals.

Er fuhr fort: »Paolo... du bist glücklich dran, so zu heißen wie der einzige Apostel, der ein bißchen Bildung hatte und eine flüchtige Bekanntschaft mit guter Literatur; Girolamo – der Name wäre noch besser gewesen. Die andern Namen, die euresgleichen mit sich herumtragen, sind wirklich zu gering. Sklavennamen.«

Meine Enttäuschung wuchs; er schien in der Tat auch nichts anderes zu sein als der übliche akademische Neidhammel mit einer Prise faschistischer Nietzsche-Manie. War denn das möglich?

Er sprach weiter mit dem einschmeichelnden Klang seiner Stimme und ungestüm wie ein Mensch, der lange geschwiegen hat. »Corbèra... Täusche ich mich, oder ist das nicht ein großer sizilianischer Name? Ich erinnere mich, daß mein Vater für unser Haus in Aci-Castello einen kleinen jährlichen Grundzins zahlte an die Verwaltung eines Hauses Corbèra von Palina oder Salina, das weiß ich nicht mehr genau. Er machte sogar jedesmal einen Spaß dabei: wenn auf der Welt eine Sache sicher wäre, so wäre es die, daß die paar Lire nicht in die Taschen des ›wirklichen Besitzers‹, wie er es nannte, gelangen würden. Aber bist du tatsächlich einer von diesen Corbèra oder nur der Nachkomme irgendeines Bauern, der den Namen des Herrn angenommen hat?«

Ich bekannte, ich wäre wirklich ein Corbèra di Salina, sogar das einzige überlebende Exemplar dieser Familie: alle Pracht, alle Sünden, alle ungenauen Grund-

zinsen, alle nicht bezahlten Steuern, kurz alle Leopardereien waren in mir allein vereinigt. Seltsamerweise schien der Senator damit zufrieden.
»Sehr schön. Ich schätze die alten Familien besonders. Sie besitzen ein Gedächtnis – winzig zwar, aber jedenfalls größer als die andern. So ein Gedächtnis ist das beste, was einer euresgleichen in puncto physischer Unsterblichkeit erreichen kann. Denk daran, Corbèra, daß du recht bald heiratest, denn du und deinesgleichen – ihr habt ja doch nichts Besseres gefunden, um zu überleben, als euern Samen an den sonderbarsten Orten zu verstreuen.«
Jetzt wurde ich entschieden ungeduldig. ›Euresgleichen, euresgleichen.‹ Wer denn euresgleichen? Die ganze jämmerliche Herde, die nicht das Glück hatte, der Senator La Ciura zu sein? Erreichte etwa er die physische Unsterblichkeit? Da brauchte man nur das faltige Gesicht, den schweren Körper zu betrachten...
»Corbèra di Salina«, fuhr er unerschrocken fort, »bist du auch nicht beleidigt, wenn ich dich weiter mit du anrede wie einen meiner kleinen Studenten, die einen Augenblick lang jung gewesen sind?«
Ich behauptete, das ehre mich nicht nur, sondern freue mich – und das war wirklich wahr. Nachdem nunmehr die Namens- und Protokollfragen erledigt wa-

ren, sprach man von Sizilien. Er hatte seit zwanzig Jahren nicht mehr den Fuß auf die Insel gesetzt, und als er das letztemal ›dort unten‹ gewesen war – wie er es auf piemontesisch ausdrückte –, war er nur fünf Tage geblieben, in Syrakus, um mit Paolo Orsi einige Fragen über das Sichabwechseln der Halbchöre in den klassischen Aufführungen zu klären. »Ich erinnere mich, daß man mich im Auto von Catania nach Syrakus bringen wollte; ich habe es erst angenommen, als ich erfuhr, daß die Straße in Augusta ein Stück vom Meer entfernt verläuft, während die Eisenbahn an der Küste entlangfährt. Erzähle mir von unserer Insel; sie ist ein schönes Stück Erde, wenn auch von Packeseln bevölkert. Die Götter haben dort geweilt, vielleicht weilen sie in den unerschöpflichen Augustmonaten noch dort. Aber sprich mir nur nicht von diesen vier in meinen Augen erst kürzlich entstandenen Tempeln, die ihr dort habt – du verstehst sowieso nichts davon, dessen bin ich gewiß.«

So sprachen wir von dem ewigen Sizilien – von den Erscheinungen seiner Natur; vom Duft des Rosmarins auf den Nèbrodi, vom Geschmack des Honigs von Melilli, vom Wogen der Getreidefelder an einem windreichen Maitag, wie man es von Enna aus sieht; von der Einsamkeit um Syrakus, von den Duftwellen, die der Wind, wie man sagt, bei bestimmten Juni-Sonnenuntergängen von den Orangengärten her über Palermo ausschüttet. Wir sprachen vom Zauber mancher Sommernächte im Anblick der Bucht von Castellamare, wenn sich die Sterne im schlafenden Meere spiegeln und ein Mensch, der auf dem Rücken zwischen den Mastixbäumen liegt, seinen Geist in den hohen Himmel entschwinden fühlt, während der Körper, langhingestreckt, mit allen Sinnen das Nahen der Dämonen fürchtet.

Nach einer fast ununterbrochenen Abwesenheit von fünfzig Jahren bewahrte der Senator eine ganz besonders genaue Erinnerung an einige allerkleinste Einzelheiten. »Das Meer! Das Meer um Sizilien ist das farbigste, das romantischste von allen, die ich je gesehen habe; es ist wohl das einzige, was ihr nicht werdet verderben können – bei den Städten habt ihr das freilich getan. Werden in den Trattorien am Meer noch die stacheligen, aufgeschlagenen *rizzi*, die Seeigel, serviert?« Ich beruhigte ihn darüber, fügte jedoch hinzu, daß nur wenige sie jetzt noch äßen, aus Angst vor dem Typhus. »Und doch sind sie das Schönste, was ihr dort unten habt, diese blutreichen Knorpel, diese nach Salz und Algen duftenden Abbilder weiblicher Organe. Was denn Typhus! Sie sind eben gefährlich wie alle Gaben des Meeres, das zugleich Tod und Unsterblichkeit gibt. In Syrakus bei Orsi habe ich immer nachdrücklich darum gebeten. Was für ein Geschmack, was für ein göttlicher Anblick! Die schönste Erinnerung meiner letzten fünfzig Jahre!«

Ich war verwirrt und bezaubert. Ein solcher Mensch verlor sich in fast obszöne Vergleiche, zeigte eine kindliche Gier nach dem doch recht bescheidenen Wohlgeschmack von Seeigeln!

Wir redeten noch lange; als er ging, bestand er darauf, meinen Espresso zu bezahlen, nicht ohne der ihm eigentümlichen Grobheit Ausdruck zu geben: »Das weiß man doch, diese Jungen aus guter Familie haben nie einen Soldo in der Tasche.« Wir gingen auseinander als Freunde, wenn man von den fünfzig Jahren absieht, die uns im Alter unterschieden, und von den Tausenden von Lichtjahren, die uns in unserer Bildung trennten.

Wir trafen weiter jeden Abend zusammen; und obwohl sich meine rauchende Wut auf die Menschheit aufzulösen begann, machte ich es mir zur Pflicht, die Begegnung mit dem Senator in den Tiefen der Via Po nie zu versäumen. Nicht, daß wir viel geplaudert hätten: er fuhr fort zu lesen und seine Notizen zu machen und richtete nur ab und zu das Wort an mich;

aber wenn er sprach, war das immer ein harmonisches Fluten von Stolz und Anmaßung, mit ganz vertrackten Anspielungen untermischt; und das alles hin und wieder durchzogen von Adern sonderbarer Poesie. Er fuhr auch fort zu spucken; ich bemerkte schließlich, daß er es nur tat, während er las. Ich glaube, auch er hatte eine gewisse Zuneigung zu mir gefaßt; aber ich gab mich darüber keiner Täuschung hin: wenn überhaupt, so war es nicht die Zuneigung, die ›unsereiner‹ – um die Terminologie des Senators zu gebrauchen – für irgendein menschliches Wesen hegen kann. Eher war sie der Zuneigung ähnlich, die eine alte Jungfer zu ihrem Kanarienvogel verspürt: sie kennt seine Einfalt; sie weiß, daß er sie nicht versteht, aber sein Dasein erlaubt ihr, mit lauter Stimme Klagen vorzubringen, an denen das Tierchen zwar keinen Anteil hat, die aber – blieben sie unausgesprochen – der Besitzerin einiges Unbehagen verursachen würden. Ich begann in der Tat zu bemerken, daß die Augen des Alten, wenn ich mich verspätete, auf die Eingangstür gerichtet waren.

Es brauchte etwa vier Wochen, bis wir von seinen immer höchst originellen, aber doch Allgemeines betreffenden Erwägungen zu mehr persönlichen Dingen kamen, was allein die Gespräche zwischen Freunden von solchen mit nur Bekannten unterscheidet. Ich selbst gab dazu den Anstoß. Es störte mich, daß er so häufig spuckte; es hatte auch die Wächter des Hades gestört, die schließlich neben seinen Platz einen Spucknapf von säuberlichstem Messing gestellt hatten. So getraute ich mich, ihn eines Abends zu fragen, warum er sich von diesem hartnäckigen Katarrh nicht kurieren lasse. Ich stellte die Frage ohne zu überlegen, bereute sogleich, daß ich sie gewagt hatte, und wartete, daß der Senatorenzorn den Stuck der Decke auf mein Haupt würde niederstürzen lassen. Statt dessen antwortete die Stimme mit dem schönen Timbre friedlich: »Aber lieber Corbèra, ich habe gar keinen Katarrh. Du beobachtest doch sonst so genau: du hättest bemerken müssen, daß ich, bevor ich spucke, nie huste. Wenn ich spucke, so ist das nicht ein Zeichen von Krankheit, im Gegenteil – von geistiger Gesundheit: ich spucke aus Ärger über die Dummheiten, die ich lese. Wenn du dir die Mühe machen willst, dieses Gefäß hier« – und er wies auf den Spucknapf – »zu prüfen, so wirst du merken, daß es sehr wenig Speichel und keine Spur von Schleim enthält. Meine Spuckerei ist symbolisch und in hohem Maße ein Beweis von Bildung; wenn sie dir nicht behagt, kehre in deine heimatlichen Salons zurück, wo man nur darum nicht spuckt, weil man zu bequem ist, je vor etwas Abscheu zu empfinden.« Die außerordentliche Anmaßung seiner Worte wurde nur gemildert von dem in die Ferne gerichteten Blick; trotzdem bekam ich Lust, aufzustehen und ihn dort sitzen zu lassen. Zum Glück hatte ich Zeit, zu überlegen, daß meine unbesonnene Frage an allem schuld war. Ich blieb, und der unerschütterliche Senator ging sogleich zum Gegenangriff über. »Aber du – warum besuchst du eigentlich diesen Erebus voller Schatten und, wie du sagst, voller Katarrh, diesen geometrischen Ort entschwundener Leben? In Turin ist kein Mangel an den Geschöpfen, die euresgleichen so wünschenswert erscheinen. Eine Fahrt zum Albergo del Castello, nach Rivoli oder Moncalieri in die Badeanstalt, und euer unsauberes Vergnügen wäre rasch zur Ausführung gebracht.« Ich begann zu lachen, als ich aus einem so weisen Munde so genaue Auskünfte über die Turiner Lustorte vernahm. »Aber wie kommt es, daß Sie, Senator, diese Adressen kennen?« »Ich kenne sie, Corbèra, ich kenne sie. Wenn man die akademischen und politischen Senate besucht, hört man das, und nur das. Aber du bist wohl so liebenswürdig, davon überzeugt zu sein, daß die unreinen Lüste von euresgleichen nie etwas für Rosario La Ciura gewesen sind.« Man spürte, daß er die Wahrheit sprach:

dem Betragen, den Worten des Senators war das unmißverständliche Zeichen einer – wie man im Jahre 1938 sagte – sexuellen Zurückhaltung aufgedrückt, die mit dem Alter nichts zu tun hatte.

»Wenn ich ehrlich sein soll, Senator – ich bin eines Tages gerade hierher gekommen, weil ich für eine Zeitlang einen Zufluchtsort suchte, der fern von der Welt war. Ich hatte Pech mit zweien von den Mädchen gehabt, die Sie so richtig gekennzeichnet haben.« Die Antwort erfolgte blitzartig und unbarmherzig. »Nanu, Corbèra – etwa Krankheiten?« »Nichts dergleichen; schlimmer: man hat mich sitzenlassen.« Und ich erzählte ihm die lächerlichen Ereignisse von vor acht Wochen. Ich erzählte sie spaßhaft, denn die eitrige Wunde meiner Selbstliebe hatte sich geschlossen; jeder andere, nur nicht dieser verteufelte Gräzist, hätte mich geneckt oder, ausnahmsweise, bemitleidet. Aber der merkwürdige Alte tat weder das eine noch das andere, sondern er empörte sich. »Da siehst du, Corbèra, was geschieht, wenn kranke, erbärmliche Wesen sich paaren. Dasselbe würde ich übrigens den beiden Hürchen sagen, wenn ich von dir spräche, falls ich ihnen bedauerlicherweise begegnen sollte.« »Krank, Senator? Sie waren alle beide entzückend; man brauchte sie nur zu sehen, wie sie aßen, wenn man in den *Specchi* speiste. Und erbärmlich? Aber nein, es waren prächtige Mädchen, und auch elegant.« Der Senator spuckte empört in seinen Napf. »Krank, habe ich ganz richtig gesagt, krank; in fünfzig, sechzig Jahren, vielleicht sehr viel früher, werden sie krepieren; also sind sie schon jetzt krank. Und auch erbärmlich: eine schöne Eleganz ist das, die nur aus Lappalien besteht, aus gestohlenen Pullovern und Koketterien, die sie im Kino gelernt haben. Eine schöne Freigebigkeit ist das: sie fischen in den Taschen des Liebhabers nach schmierigen Banknoten, statt ihm, wie andere es tun, rosige Perlen und Korallenzweige zu schenken. Da siehst du, was geschieht, wenn man sich mit diesen geschminkten häßlichen Fratzen einläßt. Schaudert es euch denn nicht, dich wie sie, wenn ihr Mädchen, die bald Gerippe sein werden, zwischen schlecht riechenden Laken immerzu abküßt?« Ich erwiderte töricht: »Aber Senator, die Laken waren immer ganz sauber!« Er wurde wütend. »Was haben die Laken damit zu tun? Der unvermeidliche Kadavergestank kam von euch. Ich wiederhole es: wie macht ihr das nur, Menschen von deinem Schlag, daß ihr euch mit derlei verlustiert?« Ich hatte schon eine entzückende *cousette* aus Ventura ins Auge gefaßt und war beleidigt. »Aber man kann ja schließlich nicht nur mit Hoheiten ins Bett gehen!«

»Wer spricht von Hoheiten? Die sind Material fürs Beinhaus wie die andern auch. Aber so etwas kannst du nicht verstehen, junger Mann, und ich tue unrecht daran, dir davon zu sprechen. Es ist ein Verhängnis, daß ihr, du und deine Freundinnen, euch immer weiter in die stickigen Sümpfe eurer unreinen Lüste begebt. Derer, die wissen, sind ganz wenige.« Dabei lächelte er, den Blick zur Decke gewandt; sein Antlitz hatte einen verklärten Ausdruck. Dann streckte er mir die Hand hin und ging.

Drei Tage lang sahen wir uns nicht; am vierten wurde ich in der Redaktion angerufen. »Ist dort *monsù* Corbèra? Ich bin Bettina, die Wirtschafterin des Herrn Senator La Ciura. Er läßt Ihnen sagen, daß er eine starke Erkältung gehabt hat; aber jetzt geht es ihm besser, und er möchte Sie heute abend nach dem Essen sehen. Kommen Sie in die Via Bertola 18, um neun; in den zweiten Stock.« Da wurde die Verbindung unterbrochen, und ich konnte sie nicht wiederherstellen.

Die Nummer 18 in der Via Bertola war ein alter, verkommener Palazzo, doch die Wohnung des Senators war geräumig und, wohl dank der beharrlichen Tätigkeit von Bettina, gut gehalten. Schon im Eingangssaal begannen die langen Bücherreihen; Bücher, die bescheiden aussehen, bei deren Einband gespart worden ist – wie man sie in allen Bibliotheken findet. In den drei Zimmern, durch die ich ging, waren deren Tausende. Im vierten saß der Senator in einen weiten Hausrock aus Kamelhaar gehüllt, fein und weich, wie ich es noch nie gesehen hatte. Ich erfuhr dann, daß es sich nicht um Kamelhaar handelte, sondern um die wertvolle Wolle eines Tieres aus Peru: es war ein Geschenk des Akademischen Senats von Lima. Der Senator wagte, als ich eintrat, noch nicht aufzustehen, aber er nahm mich mit großer Herzlichkeit auf; es ging ihm besser, ja im Grunde ganz gut, und er rechnete damit, wieder auszugehen, sobald die Kältewelle, die in jenen Tagen auf Turin lastete, nachgelassen hätte. Er bot mir geharzten Zypernwein an, ein Geschenk des Italienischen Instituts in Athen, grausige rosa *lukums*, geschickt von der Archäologischen Kommission in Ankara, und vernünftigere Turiner Süßigkeiten, die Bettina vorausschauend besorgt hatte. Er war so prächtiger Laune, daß er gute zwei Male mit dem ganzen Mund lächelte und sogar soweit kam, sich wegen seiner Wutausbrüche im Hades zu entschuldigen. »Ich weiß, Corbèra, ich war in meinen Ausdrücken übertrieben, wenn auch, glaube es mir, im Urteil gemäßigt. Denk nicht mehr daran.« Ich dachte wirklich nicht mehr daran, ja, ich empfand tiefe Achtung vor diesem alten Mann, von dem ich vermutete, daß er trotz seiner triumphalen Laufbahn nicht gerade glücklich war. Er verschlang die abscheulichen *lukums.* »Süßigkeiten, Corbèra, müssen süß sein und nichts weiter. Wenn sie noch einen anderen Geschmack haben, sind sie so etwas wie perverse Küsse.« Er gab Eaco, einem großen Boxer, der irgendwann hereingekommen war, größere Stückchen davon. »Der hier, Corbèra, ähnelt für den, der es begreifen kann, den Unsterblichen weit mehr, trotz seiner Häßlichkeit und seiner Pfoten.« Er weigerte sich, mir seine Bibliothek zu zeigen. »Alles klassische Sachen; die können jemanden wie dich, der – moralisch – im Griechischen durchgefallen ist, nicht interessieren.« Aber ich durfte mich in dem Raum umsehen, in dem wir uns befanden: es war sein Arbeitszimmer. Hier standen nur wenige Bücher, unter ihnen bemerkte ich die Theaterstücke von Tirso de Molina, die *Undine* von Lamotte-Fouqué, das Drama gleichen Namens von Giraudoux und, zu meiner Überraschung, die Werke von H. G. Wells; aber als Ausgleich hingen an den Wänden riesige, lebensgroße Photographien griechischer archaischer Statuen, und zwar nicht die üblichen Photographien, die wir alle uns verschaffen können, sondern erstaunliche Exemplare, die offensichtlich mit Autorität gefordert und von den Museen der ganzen Welt achtungsvoll geschickt worden waren. Alle waren sie da, die großartigen Werke: der ›Reiter‹ vom Louvre, die ›Sitzende Göttin‹ aus Taranto, die in Berlin ist, der ›Krieger‹ aus Delphi, die ›Kore‹ von der Akropolis, der ›Apoll‹ aus Piombino, die ›Geraubte Frau‹ und der ›Phoebus‹ aus Olympia, der höchst berühmte ›Rosselenker‹ ... Das Zimmer glänzte von ihrem entrückten und zugleich spöttischen Lächeln, es erhielt Würde durch den ruhigen Stolz ihrer Haltung. »Siehst du, Corbèra: diese hier schon; die kleinen Mädchen, die nicht.« Auf dem Kamin alte Amphoren und Mischkrüge: Odysseus an den Schiffsmast gebunden, die Sirenen, die sich vom hohen Fels auf die Klippen stürzten und zerschellten zur Sühne dafür, daß sie sich die Beute hatten entgehen lassen. »Dummheiten sind das, Corbèra, kleinbürgerliche Dummheiten der Dichter; keiner entflieht ihnen, und auch wenn ihnen jemand entwischt wäre, so wären sie um so wenig nicht gestorben. Wie hätten sie es übrigens zuwege bringen sollen, zu sterben?«

Auf einem Tischchen, in einem bescheidenen Rahmen eine alte, verblichene Photographie: ein zwanzigjähriger junger Mann mit wirrem, lockigen Haar, einen kühnen Ausdruck in den Gesichtszügen, die von einer seltenen Schönheit waren. Verwundert blieb ich einen Augenblick davor stehen: ich meinte begriffen zu haben. Aber ich hatte gar nichts begriffen. »Dies hier, Landsmann, dies war und ist und wird sein« – das betonte er deutlich – »Rosario La Ciura.«

Der arme Senator im Hausrock war ein junger Gott gewesen.

Dann sprachen wir von anderem, und bevor ich ging, zeigte er mir einen französisch geschriebenen Brief: er kam vom Rektor der Universität Coimbra und forderte ihn auf, dem Ehrenkomitee des Kongresses für griechische Studien anzugehören, der im Mai in Portugal stattfinden sollte. »Ich freue mich sehr; ich werde mich in Genua auf der *Rex* einschiffen, zusammen mit den französischen, Schweizer und deutschen Kongreßteilnehmern. Wie Odysseus werde ich mir die Ohren zustopfen, um die Flausen dieser in ihren geistigen Fähigkeiten Herabgeminderten nicht zu hören. Das werden schöne Seefahrtstage sein: Sonne, Blau, der Geruch des Meeres.«

Als er mich hinausbegleitete, kamen wir wieder an dem Regal vorüber, in dem die Werke von Wells standen, und ich wagte ein Wort des Erstaunens, sie hier vorzufinden. »Du hast recht, Corbèra, sie sind ein Greuel. Hier ist auch ein kleiner Roman – wenn ich ihn wieder läse, würde ich Lust kriegen, vier Wochen hintereinander zu spucken; und du Salonhündchen würdest daran Anstoß nehmen.«

Nach diesem Besuch bei ihm wurden unsere Beziehungen ausgesprochen herzlich, wenigstens von meiner Seite. Ich traf sorgfältige Vorbereitungen, aus Genua ganz frische Seeigel kommen zu lassen. Als ich erfuhr, daß sie am nächsten Tage hier sein würden, verschaffte ich mir Ätnawein und Bauernbrot und lud den Senator etwas ängstlich in mein kleines Quartier ein. Zu meiner großen Erleichterung nahm er die Einladung mit Freuden an. Ich holte ihn mit meiner *Balilla* ab und schleifte ihn mit bis zur Via Peyron, die reichlich weitab liegt. Im Wagen hatte er ein bißchen Angst; er hatte zu meiner Fahrergeschicklichkeit keinerlei Zutrauen. »Ich kenne dich jetzt, Corbèra. Wenn wir das Pech haben, einer von deinen häßlichen Fratzen zu begegnen, diesen Röcken, bist du imstande, dich umzudrehen, und wir zerhauen uns alle beide das Gesicht an der nächsten Hausecke.« Wir begegneten keiner solchen Mißgeburt im Rock, die es wert gewesen wäre, bemerkt zu werden, und langten heil und ganz bei mir an.

Zum erstenmal, seit ich den Senator kannte, lachte er: als wir in mein Schlafzimmer traten. »Das also, Corbèra, ist der Mittelpunkt deiner dreckigen Abenteuer.« Er besah genau meine wenigen Bücher. »Gut, gut. Du bist vielleicht weniger unwissend, als du scheinst. Der hier«, fügte er hinzu und nahm meinen Shakespeare zur Hand, »der hat immerhin etwas begriffen: *A sea change into something rich and strange. What potions have I drunk of Syren tears?*«

Als die gute Signora Carmagnola, den Teller mit den Seeigeln, den Zitronen und allem übrigen in Händen, in den Salon trat, war der Senator entzückt. »Wie, daran hast du gedacht? Woher weißt du, daß die das einzige sind, wonach ich Sehnsucht habe?« »Sie können sie ruhig essen, Senator, sie waren noch heute früh im Meer an der Riviera.« »Ja, ja, ihr seid immer dieselben mit euren Neigungen zu Verfall und Fäulnis; immer die langen Ohren gespitzt, damit ihr die Schritte des Todes schleppen hört. Arme Teufel! Aber ich danke dir, Corbèra, du bist ein guter *famulus* gewesen. Schade nur, daß die Seeigel nicht aus dem Meer von da unten kommen, daß sie nicht von unseren Algen umwunden sind; ihre Stacheln haben sicher nie göttliches Blut fließen lassen. Du hast gewiß alles getan, was möglich war. Aber sie sind ja ziemlich kümmer-

lich, diese Seeigel, die auf den kalten Felsen von Nervi oder Arenzano geschlummert haben.«
Man sah, er war einer von den Sizilianern, denen die Ligurische Riviera, die für die Mailänder eine tropische Gegend ist, eine Art Island bedeutet.
Die auseinandergeschlagenen Seeigel zeigten ihr verwundetes, bluterfülltes, sonderbar abgeteiltes Fleisch. Ich hatte früher nie darauf geachtet – aber jetzt, nach den wunderlichen Vergleichen des Senators, erschienen sie mir wirklich so, als hätte man einen Schnitt durch irgendwelche zarten weiblichen Organe gemacht. Er kostete sie gierig, aber ohne Heiterkeit; gesammelt, fast betrübt. Zitrone wollte er nicht darüber spritzen. »Ihr mit euern zusammengekoppelten Geschmäckern! Immer muß der Seeigel auch nach Zitrone schmecken, der Zucker auch nach Schokolade, die Liebe auch nach Paradies!« Als er fertiggegessen hatte, trank er einen Schluck Wein und schloß dabei die Augen. Nach einer Weile merkte ich, daß ihm aus den verwelkten Augenlidern zwei Tränen die Wangen hinabglitten. Er erhob sich, trat ans Fenster und trocknete sich vorsichtig die Augen. Dann drehte er sich um. »Warst du jemals in Augusta, Corbèra?« Ich war dort ein Vierteljahr als Rekrut gewesen; während der Stunden des Ausgangs nahm man zu zweien oder dreien ein Boot und

segelte im durchsichtigen Wasser der Buchten umher. Nach meiner Antwort schwieg er; dann fragte er mit erregter Stimme: »Und seid ihr jemals in den kleinen Golf gekommen, weiter oberhalb Punta Izzo, hinter dem Höhenzug über den Salinen – seid ihr tüchtigen Rekruten je dorthin gelangt?« »Gewiß. Es ist der schönste Ort von Sizilien, zum Glück haben ihn die Erholungsuchenden vom Volkserziehungswerk noch nicht entdeckt. Die Küste ist wild, nicht wahr, Senator? Vollkommen einsam, man sieht nicht einmal ein Haus; das Meer ist pfauenfarben; und gerade gegenüber, jenseits der schillernden Wellen, steigt der Ätna hoch; von keinem andern Ort aus ist er so schön wie dort, ruhig, mächtig, wahrhaft göttlich. Es ist einer von den Plätzen, an denen einem diese Insel in ihrer Ewigkeit erscheint – diese Insel, die sich törichterweise von ihrer Berufung abgewandt hat: den Herden des Sonnengottes als Weide zu dienen.«

Der Senator schwieg. Dann sagte er: »Du bist ein guter Junge, Corbèra. Wärest du nicht so unwissend, dann könnte man etwas aus dir machen.« Er trat zu mir und küßte mich auf die Stirn. »Jetzt geh und nimm deine kleine Mühle. Ich will wieder nach Hause zurück.«

In den folgenden Wochen sahen wir uns weiter wie

gewöhnlich. Jetzt machten wir nächtliche Spaziergänge, im allgemeinen die Via Po hinunter und über die militärische Piazza Vittorio; wir betrachteten den rasch dahinfließenden Fluß und den Höhenzug, dort wo beide in die geometrische Strenge der Stadt ein klein wenig Phantasie bringen. Der Frühling begann, die herzbewegende Jahreszeit bedrängter Jugend; an den Ufern brachen die ersten Fliederdolden auf; die allereiligsten Pärchen ohne Obdach forderten die Feuchte des Grases heraus. »Da unten brennt die Sonne schon, die Algen blühen. Die Fische tauchen in den Mondnächten an die Oberfläche empor, man sieht ihre Leiber flüchtig, wenn sie zwischen dem leuchtenden Schaum aufblitzen. Und wir stehen hier vor diesem schalen, öden Wasserlauf, vor diesen Mietskasernen, die dastehen wie Soldaten in Reih und Glied, und hören die Liebesschluchzer dieser Paarungen von im Tode Röchelnden.« Es erheiterte ihn jedoch der Gedanke an die baldige Seefahrt nach Lissabon; die Ausfahrt stand nun nahe bevor. »Es wird angenehm werden. Du solltest mitkommen! Schade, daß es für die, die im Griechischen schwach sind, keine Gesellschaft gibt; mit mir kann man noch italienisch sprechen, aber wenn du Ruckmeyer oder van der Voos nicht zeigen würdest, daß du die Optative aller unregelmäßigen

Verben kennst, wärest du übel dran. Obwohl du dir der griechischen Wirklichkeit vielleicht mehr bewußt bist als sie; gewiß nicht aus Bildung, aber aus tierhaftem Instinkt.«

Zwei Tage vor seiner Abreise nach Genua sagte er, daß er am nächsten Tag nicht ins Café kommen würde; aber er erwarte mich um neun Uhr abends bei sich zu Hause.

Das Zeremoniell war das gleiche wie beim erstenmal: die Bildnisse der Götter von vor dreitausend Jahren strahlten Jugend aus, wie ein Ofen Wärme ausstrahlt; die fahle Photographie des jungen Gottes von vor fünfzig Jahren schien erschreckt beim Anblick der eigenen weißhaarigen, im Sessel zusammengesunkenen Metamorphose.

Als der Zypernwein getrunken war, ließ der Senator Bettina kommen und sagte ihr, sie könne zu Bett gehen. »Ich begleite den Signor Corbèra selbst hinunter, wenn er geht. – Höre, Corbèra, wenn ich dich heute abend hierher bestellt habe auf die Gefahr hin, irgendeine Hurerei von dir in Rivoli zum Scheitern zu bringen, so ist das geschehen, weil ich dich brauche. Morgen reise ich, und wenn man in meinem Alter fortgeht, weiß man nie, ob man nicht auf immer fernbleiben muß – besonders, wenn man zur See fährt. Weißt du – ich mag dich im Grunde gut leiden: deine Harmlosigkeit rührt mich, deine unbefangenen Lebensumtriebe machen mir Freude; und dann scheint mir, ich habe gemerkt, daß es dir – wie es bei einigen Sizilianern der besten Art vorkommt – geglückt ist, die Synthese von Sinnen und Vernunft zu verwirklichen. Du verdienst also, daß ich dich nicht ungespeist lasse, sondern dir erkläre, warum ich mich manchmal so sonderbar aufgeführt und dir gegenüber Äußerungen gemacht habe, die du gewiß für verrückt halten müßtest.« Ich widersprach ihm etwas matt: »Ich habe vieles von dem, was Sie gesagt haben, nicht verstanden; aber ich habe das immer darauf geschoben, daß mein Verstand dem Ihren unterlegen ist, nie darauf, daß sich der Ihre in Irrwege verloren hätte.« »Laß gut sein, Corbèra, das ist sowieso einerlei. Wir alten Leute erscheinen euch jungen alle verrückt, doch oft ist das Gegenteil der Fall. Aber um dir all das zu erklären, muß ich dir mein Abenteuer erzählen: es ist ungewöhnlich. Es hat sich abgespielt, als ich der junge Herr da war«, und er wies auf seine Photographie. »Wir müssen ins Jahr 1887 zurückgehen, eine Zeit, die dir prähistorisch erscheinen wird; aber für mich ist sie es nicht.«

Er stand auf – er hatte hinter seinem Schreibtisch gesessen – und setzte sich neben mich auf den Diwan. »Entschuldige, aber ich werde hernach leise reden müssen. Wichtige Worte darf man nicht schreien; den sogenannten Liebes- oder Haßschrei trifft man nur in Melodramen an oder bei den ungebildeten Leuten – was ja dasselbe ist. Also: im Jahre 1887 war ich vierundzwanzig Jahre alt; ich sah genauso aus wie auf der Photographie; ich hatte schon den Doktor in Altphilologie gemacht und zwei kleine Schriften über die ionischen Dialekte publiziert, die an meiner Universität ein gewisses Aufsehen erregt hatten; und seit einem Jahr bereitete ich mich darauf vor, mich um den Lehrstuhl an der Universität Pavia zu bewerben. Überdies hatte ich mich noch nie einer Frau genähert. Wenn ich ehrlich sein soll – Frauen habe ich mich nie genähert, weder vor noch nach jenem Jahr.« Ich war überzeugt, daß meine Miene eine marmorne Ruhe bewahrt hätte; aber ich täuschte mich. »Höre, Corbèra, es ist sehr ungezogen, wie du da mit den Brauen zuckst. Was ich sage, ist die Wahrheit; eine Wahrheit, deren ich mich sogar rühme. Ich weiß, daß wir Catanesen in dem Ruf stehen, wir wären imstande, sogar unsere Ammen zu schwängern, und es mag wahr sein. Was mich betrifft, so ist es nicht wahr. Wenn man, wie ich es damals tat,

Tag und Nacht mit Göttinnen und Halbgöttinnen umgeht, dann hat man nicht mehr viel Lust, die Stufen zu den Puffs von S. Berillio hinaufzusteigen. Außerdem hielten mich damals auch religiöse Bedenken zurück. Corbèra, du solltest lernen, deine Brauen in Zucht zu nehmen: sie verraten dich beständig. Religiöse Bedenken, habe ich gesagt, jawohl. Ich habe auch gesagt: damals. Jetzt habe ich sie nicht mehr; aber in dieser Hinsicht hat es zu nichts gedient.

Du, mein lieber Corbèra, hast deine Anstellung bei der Zeitung möglicherweise dem Briefchen irgendeines Parteibonzen zu verdanken; du weißt nicht, was das bedeutet: die Vorbereitung auf die Bewerbung um einen Lehrstuhl in griechischer Literatur. Zwei Jahre lang muß man bis zur Grenze des Wahnsinns büffeln. Die Sprache kannte ich zum Glück schon ziemlich gut, genauso, wie ich sie jetzt kenne; und das sage ich nicht nur so hin... Aber das übrige: die alexandrinischen und byzantinischen Varianten der Texte, die von den lateinischen Autoren immer schlecht zitierten Stücke, die unzähligen Zusammenhänge der Literatur mit der Mythologie, der Geschichte, der Philosophie, den Wissenschaften! Ich wiederhole, es ist zum Verrücktwerden. Ich studierte also unverdrossen und gab außerdem einigen durchs Abitur gefallenen Schülern Nachhilfestunden, damit ich mein Zimmer in der Stadt bezahlen konnte. Man kann sagen, daß ich mich von nichts ernährte als von schwarzen Oliven und Kaffee. Obendrein ereignete sich in jenem Sommer 1887 eine der wirklich höllischen Hitzekatastrophen, wie sie da unten ab und zu auftreten. Der Ätna spuckte nachts die Sonnenglut wieder aus, die er während der fünfzehn Stunden des Tages aufgespeichert hatte; wenn man um Mittag ein Balkongitter berührte, mußte man zur nächsten Verbandstelle laufen; die Pflastersteine aus Lava schienen im Begriff, in den flüssigen Zustand zurückzukehren; und fast jeden Tag schlug einem der Scirocco seine klebrigen Fledermausflügel ums Gesicht. Ich war am Krepieren. Ein Freund rettete mich: ich traf ihn, als ich ganz verwirrt durch die Straßen irrte und griechische Verse stammelte, die ich nicht mehr verstand. Mein Anblick machte ihm Eindruck. ›Höre, Rosario, wenn du weiter hierbleibst, wirst du verrückt, und dann addio Bewerbung. Ich gehe in die Schweiz‹ – der Junge hatte Geld –, ›aber in Augusta besitze ich ein Häuschen mit drei Zimmern, zwanzig Meter vom Meer, ganz außerhalb des Ortes. Pack dein Bündel, nimm deine Bücher, geh hin und wohne den ganzen Sommer dort. Komm in einer Stunde zu mir, da gebe ich dir den Schlüssel. Du wirst sehen: dort ist es etwas ganz anderes. Am Bahnhof frage, wo die kleine Villa Carobene ist, die kennen alle. Aber reise wirklich, noch heute abend.‹

Ich folgte dem Rat, ich reiste am selben Abend ab und fand mich am nächsten Morgen, als ich erwachte, statt bei den Abflußrohren, die mich sonst im Morgengrauen vom Hof her grüßten, einer reinen Meeresfläche gegenüber: im Hintergrund der nicht mehr erbarmungslose Ätna, in die Dünste des Morgens gehüllt. Der Hafen war völlig einsam, wie er es noch jetzt ist – du hast es mir gesagt –, und von einer einzigartigen Schönheit. Das Häuschen mit seinen verkommenen Zimmern enthielt alles in allem das Sofa, auf dem ich die Nacht verbracht hatte, einen Tisch und drei Stühle; in der Küche ein paar Töpfe und eine alte Lampe. Hinter dem Haus ein Feigenbaum und ein Brunnen. Ein Paradies. Ich ging ins Dorf, machte den Bauern ausfindig, der das bißchen Boden von Carobene bestellte, und vereinbarte mit ihm, daß er mir alle zwei, drei Tage Brot bringen sollte, Teigwaren, etwas Gemüse und Petroleum. Öl hatte ich, von unserem eigenen, das mir die arme Mama nach Catania geschickt hatte. Ich mietete ein leichtes Boot; der Fischer brachte es am Nachmittag samt einer Reuse und ein paar Angelhaken. Ich war entschlossen, wenigstens acht Wochen zu bleiben.

Carobene hatte recht: das war wirklich etwas ganz anderes. Die Hitze war auch in Augusta heftig, aber da sie nicht mehr von Mauern zurückgestrahlt wurde, brachte sie nicht einen so viehischen Kräfteverfall mit sich wie in der Stadt, sondern eine Art sanfter Euphorie; und die Sonne ließ es, nachdem sie ihre Henkersfratze aufgegeben hatte, dabei bewenden, eine lachende, wenn auch grobe Schenkerin von Energien zu sein, und auch eine Zauberin, die jede, selbst die leichteste Kräuselung des Meeres mit beweglichen Diamanten besäte. Das Studium war nun keine Mühe mehr: beim leichten Schaukeln des Bootes, in dem ich lange Stunden blieb, schien jedes Buch nicht mehr ein Hindernis, das zu überwinden war, sondern vielmehr ein Schlüssel, der mir den Durchgang in eine Welt öffnete, deren zauberischen Anblick, einen der zauberhaftesten, die es gibt, ich schon vor Augen hatte. Oft ertappte ich mich dabei, daß ich mit lauter Stimme Verse der Dichter aufsagte; und die Namen jener vergessenen, den meisten unbekannten Götter klangen wieder über die Oberfläche dieses Meeres, das sich einst, wenn es sie nur hörte, in Aufruhr erhob oder zur Windstille besänftigte.

Meine Einsamkeit war vollkommen, unterbrochen nur von den Besuchen des Bauern, der mir alle drei, vier

Tage die wenigen Vorräte brachte. Er blieb nur fünf Minuten; denn er mußte, wenn er mich so begeistert und zerzaust sah, bestimmt glauben, ich stünde unmittelbar vor dem Ausbruch einer gefährlichen Tollheit. Und wenn ich ehrlich sein soll – die Sonne, die Einsamkeit, die unter dem Wandel der Gestirne verbrachten Nächte, das Schweigen, die karge Nahrung, das Studium weit zurückliegender Dinge: alles das umgab mich wie eine Bezauberung, die mich für das Wunder empfänglich machte.
Dieses vollzog sich am Morgen des fünften August, um sechs Uhr. Ich war erst eben wach geworden und sogleich ins Boot gestiegen; wenige Ruderschläge hatten mich von den Kieseln des Strandes weggebracht, und ich hielt nun unter einem großen Felsen, dessen Schatten mich vor der Sonne schützen sollte; diese stieg schon, von schönem Ungestüm schwellend, empor und verwandelte die Weiße des morgendlichen Meeres in Gold und Blau. Ich deklamierte; da spürte ich, wie sich rechts hinter mir der Rand des Bootes jäh senkte, als hätte sich jemand darangeklammert. Ich drehte mich um und sah – sie: aus dem Meer tauchte das glatte Gesicht einer Sechzehnjährigen, zwei kleine Hände packten den Bootsrumpf. Dieses junge Wesen lächelte, die bleichen Lippen waren leicht geöffnet und

ließen kleine Zähne sehen, spitzig und weiß wie Hundezähne. Es war jedoch kein Lächeln, wie man es an euresgleichen sieht, wo es immer gefälscht ist, weil noch ein Ausdruck hinzukommt: Wohlwollen oder Spott, Mitleid, Grausamkeit oder irgend etwas dergleichen. Es drückte nichts als sich selbst aus, das heißt eine nahezu tierhafte Freude am Dasein, eine nahezu göttliche Fröhlichkeit. Dieses Lächeln war der erste Zauber, den sie auf mich ausübte: es offenbarte mir Paradiese einer vergessenen Heiterkeit. Von dem wirren, sonnenfarbenen Haar troff das Meerwasser über die weit geöffneten grünen Augen, über die Züge, die von kindlicher Reinheit waren.

Unsere umschattete Vernunft bäumt sich auf vor dem Wunder, mag sie noch so empfänglich dafür sein, und wenn sie eines gewahr wird, sucht sie sich an alltägliche Erscheinungen zu erinnern, an die sie sich anlehnen könnte. Wie es jeder andere getan hätte, wollte ich glauben, ich wäre einer Badenden begegnet; ich bewegte mich vorsichtig vorwärts, bis ich in gleicher Höhe mit ihr war, ich bückte mich, ich streckte die Hände aus, um ihr heraufzuhelfen. Aber sie tauchte mit erstaunlicher Kraft senkrecht aus dem Wasser bis zum Gürtel auf, schlang mir die Arme um den Hals, hüllte mich in einen nie verspürten Duft und ließ sich ins Boot gleiten: unterhalb der Leisten, unterhalb der Gesäßmuskeln war ihr Leib der eines Fisches, bekleidet mit winzig kleinen, perlmutterfarben und blau schimmernden Schuppen; er endete in einen zweigeteilten Schwanz, der langsam den Boden des Bootes schlug. Es war eine Sirene.

Lang hingestreckt stützte sie den Kopf mit den gekreuzten Händen und zeigte ruhig, ganz ohne Scham, die zarten Härchen in den Achselhöhlen, die beiden Brüste, den vollendet geformten Leib. Von ihr stieg ein Geruch auf – ich gebrauchte vorhin den nicht guten Ausdruck ›Duft‹ –, ein magischer Geruch nach Meer, nach ganz junger Wollust. Wir waren im Schatten, aber zwanzig Meter von uns entfernt gab sich die Meeresoberfläche der Sonne hin und schäumte vor Lust. Meine fast völlige Nacktheit verbarg meine Erregung nur schlecht.

Sie sprach. Und so versank ich nach dem Zauber des Lächelns und des Geruchs in den dritten, noch größeren Zauber, den der Stimme. Sie war etwas kehlig, verschleiert, von zahllosen Harmonien tönend; in ihrem Untergrund spürte man die Brandungen der sommerlichen Meere, wenn sie an Felsen aufprallen, das Rauschen der letzten Schaumkronen auf dem Strand, das Wehen der Winde über die im Vollmond glänzenden Wogen. Den Gesang der Sirenen, Corbèra – den gibt es nicht: die Musik, der man nicht entfliehen kann, ist allein die ihrer Stimme.

Sie sprach griechisch, aber ich hatte große Mühe, sie zu verstehen. ›Ich hörte, wie du für dich allein in einer Sprache redetest, die der meinen ähnlich ist. Du gefällst mir: nimm mich. Ich bin Ligäa, die Tochter der Kalliope. Glaube nicht an die Märchen, die man über uns erfunden hat: wir töten niemanden, wir schenken nur Liebe.‹

Ich ruderte über sie gebeugt, ich sah in ihre lachenden Augen. Wir kamen ans Ufer; ich nahm den würzigen Körper in meine Arme, wir gelangten von dem blitzenden Licht in den dichten Schatten; schon tropfte sie mir in den Mund jene Wollust, die euern irdischen Küssen gleicht wie Wein dem faden Wasser.«

Der Senator erzählte sein Abenteuer mit leiser Stimme; ich hatte im stillen meine verschiedentlichen Erfahrungen mit Frauen immer nur denen entgegengehalten, die er für so mittelmäßig hielt, und hatte daraus das dumme Gefühl abgeleitet, die Distanz sei gar nicht so groß. Aber jetzt fand ich mich gedemütigt: auch was Liebesdinge anlangte, sah ich mich in einen Abgrund gestürzt – die Distanz war unüberbrückbar. Nicht einen Augenblick hatte ich den Verdacht, er lüge mir etwas vor; jeder, auch der zweifelsüchtigste Mensch, der dabeigewesen wäre, hätte aus dem Ton des Alten die reinste Wahrheit herausgehört.

»So nahmen jene drei Wochen ihren Anfang. Es ist nicht zulässig, und es wäre zudem unbarmherzig dir gegenüber, Einzelheiten zu erzählen. Genug, wenn ich dir sage, daß ich in unseren Umarmungen die höchsten Formen von geistiger und von elementarer Wollust zugleich genoß; sie war ohne jeden irgendwie geselligen Widerhall, wie es unsere einsam lebenden Hirten verspüren, wenn sie sich auf den Bergen mit ihren Ziegen verbinden. Wenn dir das Beispiel zuwider ist, so darum, weil du nicht imstande bist, die notwendige Transponierung von der tierhaften in die übermenschliche Ebene vorzunehmen – Ebenen, die einander in meinem Fall gegenüberstanden.

Denke an das, was Balzac in der *Passion dans le désert* nicht auszudrücken gewagt hat. Ihren unsterblichen Gliedern entquoll eine solche Lebensfülle, daß die Verluste an Kraft sogleich ausgeglichen wurden, ja daß die Kraft zunahm. Damals, Corbèra, habe ich so intensiv geliebt wie hundert eurer Don Giovanni zusammen in ihrem ganzen Leben. Und was für eine Art Liebe! Eine Schutzwehr gegen Klöster und moralische Verfehlungen, gegen den Groll von Komturen und gegen die Primitivität Leporellos; fern von den Ansprüchen des Herzens, den falschen Seufzern und erkünstelten Zerfließungen, die unsere jämmerlichen Küsse unausweichlich beflecken. Ein Leporello störte uns, wenn ich ehrlich sein soll, den ersten Tag, aber es war das einzige Mal: gegen zehn Uhr hörte ich auf dem Pfad, der zum Meer führte, die klappernden Stiefel meines Bauern. Ich hatte gerade noch Zeit, den ungewöhnlichen Leib Ligäas mit einem Laken zu bedecken – da erschien der Bauer schon in der Tür: ihr Kopf, ihr Hals, ihre Arme, die nicht bedeckt waren, machten Leporello glauben, es handle sich um eine ganz gewöhnliche Liebelei, und daher flößten ihm diese Glieder plötzlich Respekt ein. Er blieb noch weniger lange als sonst, und als er ging, blinzelte er mir mit dem linken Auge zu und machte mit Daumen und Zeigefinger, die er krümmte und aneinanderlegte, eine Bewegung, als zwirble er sich am Mundwinkel einen imaginären Schnurrbart. Dann kletterte er den Pfad hinauf.

Ich habe von zwanzig Tagen gesprochen, die wir zusammen verbrachten; ich möchte aber nicht, daß du dir vorstelltest, sie und ich hätten während jener drei Wochen ›ehelich‹ gelebt, wie man sagt, also Bett, Speise und Beschäftigungen gemeinsam gehabt. Ligäa entfernte sich sehr oft: ohne mir vorher eine Andeutung zu machen, tauchte sie ins Meer und verschwand, manchmal auf viele Stunden. Wenn sie zurückkam, fast immer ganz früh, fand sie mich entweder im Boot, oder sie strich, wenn ich noch im Häuschen war, auf den Strandkieseln entlang, halb im Wasser, halb draußen, auf dem Rücken, wobei sie sich mit den Armen half, und rief nach mir, damit ich ihr helfen sollte, den Hang hinaufzukommen. ›Sasà‹, rief sie, denn ich hatte ihr gesagt, daß dies die Koseform meines Namens war. In solchen Augenblicken bot sie, behindert gerade an dem Teil ihres Leibes, der ihr im Meer Behendigkeit verlieh, den mitleiderregenden Anblick eines verwundeten Tieres – ein Eindruck, den das Lachen in ihren Augen sogleich wieder auslöschte. Sie aß nur Lebendiges; oft tauchte sie aus dem Meere auf – der zarte Rücken glänzte in der Sonne –, während ihre Zähne einen silberschuppigen, noch zuckenden Fisch zerrissen. Das Blut lief ihr in Streifen über das Kinn, und nach ein paar Bissen wurde der Stockfisch oder die zerkaute Goldbrasse über die Schulter geworfen und verschwand, das Wasser rot färbend, im Meer, während sie vor Lust einen kindlichen Schrei ausstieß und sich die Zähne mit der Zunge ableckte. Einmal gab ich ihr Wein; aus dem Glas zu trinken, war ihr nicht möglich, ich mußte ihn ihr in die winzige, ein ganz klein wenig grünliche Handfläche gießen, und sie trank ihn so; ihre Zunge schleckte leicht schnalzend wie bei einem Hund, und in ihren Augen malte sich die Überraschung über diesen unbekannten Geschmack. Sie sagte, der Wein sei gut, aber später nahm sie ihn nie mehr. Ab und zu kam sie ans Ufer mit den Händen voller Austern und Muscheln, und während ich Mühe hatte, die Schalen mit einem Messer zu öffnen, zerschlug sie sie mit einem Stein und saugte das noch zuckende Weichtier samt den Muschelstückchen, um die sie sich nicht kümmerte.

Ich habe es dir schon gesagt, Corbèra: sie war ein Tier, aber im gleichen Augenblick war sie auch eine Unsterbliche. Es ist schade, daß man, wenn man von ihr spricht, nicht ständig diese Synthese so ausdrücken kann, wie sie sie in vollkommener Einfachheit mit ihrem Körper ausdrückte. Sie zeigte nicht nur beim Sinnenakt eine Fröhlichkeit und Zartheit, die ganz das Gegenteil der schrecklichen tierischen Gier war; auch ihre Sprache war von einer starken Unmittelbarkeit, wie ich sie nur bei wenigen großen Dichtern wiedergefunden habe. Man ist nicht umsonst die Tochter Kalliopes: in Unkenntnis aller Art von Bildung, jeden moralischen Zwang verachtend, hatte sie trotzdem teil an der Quelle jeder Kultur, jeder Weisheit, jeder Ethik und wußte dieser ihrer ursprünglichen Überlegenheit in Worten von etwas rauher Schönheit Ausdruck zu geben. ›Ich bin alles, weil ich nur fließendes Leben bin, und nichts als das; ich bin unsterblich, weil aller Tod in mich einmündet, von dem des Stockfisches von vorhin bis zu dem von Zeus; in mir vereinigt werden sie wieder Leben, das nicht mehr persönlich und begrenzt ist, sondern panisch und daher frei.‹

Dann sagte sie: ›Du bist schön und jung; du solltest mir jetzt ins Meer folgen, dann würdest du den Schmerzen und dem Alter entgehen; du kämest in meine Behausung unter die hohen Berge regloser, dunkler Wasser, wo alles allerstillste Ruhe ist – so dem Orte eingeboren, daß der, der sie besitzt, es nicht einmal mehr merkt. Ich habe dich geliebt. Denke daran: wenn du einmal müde bist, wenn du wirklich nicht mehr kannst, dann brauchst du dich nur über das Meer zu beugen und mich zu rufen; ich werde immer dasein, denn ich bin überall; dein Durst nach Schlaf wird gestillt werden.‹

Sie erzählte mir von ihrem Leben unten im Meer, von den bärtigen Tritonen, den bläulichgrünen Höhlen, aber sie sagte mir, auch diese seien eitler Schein und die Wahrheit sei sehr viel tiefer, im blinden, stummen

Palast nicht mehr geformter, ewiger Wasser ohne einen Schimmer, ohne das leiseste Geräusch.

Einmal sagte sie mir, sie würde länger fortbleiben, bis zum Abend des folgenden Tages. ›Ich muß weit fortgehen, dorthin, wo ich, wie ich weiß, ein Geschenk für dich finde.‹

Sie kam in der Tat zurück mit einem wunderbaren purpurnen Korallenzweig, der mit Muscheln und Krustentierchen überzogen war. Ich habe ihn lange in einem Kästchen aufbewahrt; jeden Abend küßte ich die Stellen, auf denen, wie ich noch gut wußte, die Finger der immer kühl Bleibenden, also Wohltätigen gelegen hatten. Dann hat ihn eines Tages Maria, meine Haushälterin, die Vorgängerin Bettinas, gestohlen, um ihn ihrem Kerl zu geben. Ich habe den Zweig später bei einem Juwelier am Ponte Vecchio wiedergefunden, entweiht, gesäubert und geglättet, so daß man ihn kaum wiedererkannte. Ich habe ihn gekauft und nachts in den Arno geworfen: er war durch zu viele profane Hände gegangen.

Sie sprach auch von den nicht wenigen menschlichen Liebhabern, die sie in ihrer tausendjährigen Jugend gehabt hatte: Fischer und Seeleute, griechische, sizilianische, arabische, solche von Capri; auch einige Schiffbrüchige, die auf nassen Trümmern einhertrieben; ihnen war sie einen Augenblick in den Blitzen des Sturmes erschienen, um ihr letztes Röcheln in Lust zu verwandeln. ›Alle sind sie meinem Ruf gefolgt und zu mir gekommen, einige sogleich, andere nachdem sie das, was für sie eine lange Zeit war, durchlaufen hatten. Nur einer hat sich nicht eingefunden; es war ein hübscher, kräftiger Junge mit ganz weißer Haut und rotem Haar, mit dem ich mich an einem fernen Strand verbunden habe, dort, wo sich unser Meer in den großen Ozean ergießt. Er roch nach etwas, was stärker war als der Wein, den du mir einmal gegeben hast. Ich glaube, er ist nicht etwa ferngeblieben, weil er glücklich war – sondern er war, als wir uns trafen, so trunken, daß er gar nichts mehr begriff; ich bin ihm wohl wie eine seiner Fischerfrauen vorgekommen.‹

Jene Wochen eines hohen Sommers vergingen so rasch wie ein einziger Morgen; als sie vorbei waren, merkte ich, daß ich in Wirklichkeit Jahrhunderte gelebt hatte. Dieses sinnenfrohe Mädchen, dieses grausame kleine wilde Tier war auch eine höchst weise Mutter gewesen: sie hatte allein durch ihre Gegenwart Glaubensinhalte entwurzelt, metaphysische Schwärmereien zerstreut; mit ihren zerbrechlichen, oft blutigen Fingern hatte sie mir den Weg gezeigt zu einer ewigen Ruhe, auch zu einer Askese im Leben, die nicht aus dem Verzicht kam, sondern aus der Unmöglichkeit, künftig andere, geringere Lüste anzunehmen. Ich werde bestimmt nicht der zweite sein, der ihren Ruf nicht gehorcht; ich werde diese Art heidnischer Gnade, die sie mir gewährt hat, nicht zurückweisen.

Eben wegen seines Ungestüms war jener Sommer kurz. Etwas nach dem zwanzigsten August schoben sich die ersten Wolken zögernd zusammen, es regnete ein paar Tropfen, nur einzelne, warm wie Blut. In den Nächten flammten fern am Horizont stumm die Blitze, langsam, einer dem andern folgend, als sinne ein Gott über sie nach. Am Morgen klagte das taubenfarbene Meer wie eine Turteltaube in geheimer Unruhe, und am Abend kräuselte es sich, ohne daß man eine Brise wahrgenommen hätte, in einer Stufenfolge von rauchgrau, erzgrau, perlgrau, alles ganz sanfte Schattierungen, das Gemüt mehr ansprechend als der frühere Glanz. Weit entfernte Nebelfetzen streiften die Wasser; an den griechischen Küsten regnete es vielleicht schon. Auch die Stimmung Ligäas veränderte die Farbe: sie ging vom Glanz zur Gemütswärme des Grau über. Sie schwieg öfter, verbrachte Stunden auf einem Felsen hingestreckt, um den nicht mehr unbewegten Horizont zu betrachten, und entfernte sich selten. ›Ich möchte noch mit dir zusammenbleiben;

wenn ich jetzt ins Weite schwämme, würden meine Gefährten vom Meer mich festhalten. Hörst du sie? Sie rufen mich.‹ Manchmal meinte ich wirklich einen etwas anderen Ton zu vernehmen, tiefer als den hellen Schrei der Möwen, meinte zwischen den Felsen wirres Haar aufblitzen zu sehen. ›Sie spielen auf ihren Muscheln, sie rufen Ligäa zu den Festen des Sturms.‹ Dieser Sturm packte uns in der Morgendämmerung des sechsundzwanzigsten August. Vom Felsen sahen wir, wie der Wind näherkam und das ferne Meer durcheinanderwühlte; wo er über die Fluten fuhr, quollen sie bleiern auf, unermeßlich und träge. Sehr bald erreichte der Windstoß auch uns, er pfiff uns um die Ohren, er bog die ausgedörrten Rosmarinbüsche. Das Meer unter uns barst auseinander, die erste Woge kam heran, mit weißem Schaum gekrönt. ›Lebe wohl, Sasà. Du wirst nicht vergessen.‹ Die Sturzwelle brach sich am Felsen, die Sirene warf sich in die hochaufsprudelnde, regenbogenfarbene Flut. Ich sah sie nicht untertauchen; es war, als löse sie sich im Schaum der Welle.«

Am nächsten Morgen reiste der Senator ab; ich ging auf den Bahnhof, um ihm Lebewohl zu sagen. Er war widerspenstig und scharf wie immer, aber als sich der

Zug in Bewegung setzte, streiften seine Finger vom Fenster aus meinen Kopf.

Am Tage danach, in aller Frühe, rief man aus Genua bei der Zeitung an: der Senator La Ciura war nachts vom Deck der *Rex,* die nach Neapel fuhr, ins Meer gefallen, und obwohl man sofort Schaluppen zu Wasser ließ, hatte man den Körper nicht gefunden.

Eine Woche später wurde sein Testament eröffnet: an Bettina gingen das Geld auf der Bank und die Möbel; die Bibliothek erbte die Universität Catania; in einem Nachtrag neueren Datums hatte er mir den Mischkrug mit der Darstellung der Sirenen und die große Photographie der ›Kore‹ von der Akropolis zugedacht.

Die beiden Sachen schickte ich in mein Haus in Palermo. Dann kam der Krieg, und während ich bei täglich einem halben Liter Wasser in Marmarica war, zerstörten die ›Befreier‹ mein Haus: als ich zurückkam, war die Photographie in kleine Streifen gerissen – sie hatten bei den nächtlichen Plündereien als Kerzen gedient; der Mischkrug war zerschlagen; auf dem größten Bruchstück sah man die Füße des an den Schiffsmast gebundenen Odysseus. Ich bewahre es noch heute. Die Bücher wurden in den tiefsten Keller der Universität gestellt; aber da das Geld für die Regale fehlt, vermodern sie dort langsam.

AUFSTIEG EINES PÄCHTERS

Die Karte des Besitztums Ibba, im Maßstab 1:5000 gezeichnet, füllte einen Streifen Ölpapier, der zwei Meter breit und achtzig Zentimenter hoch war. Nicht daß alles, was man auf dem Plan sah, Eigentum der Familie gewesen wäre: da war vor allem im Süden ein schmaler Uferstreifen, der an dieser von Buchten gesäumten Meeresküste, in denen man den Thunfisch fängt, niemandem gehörte. Im Norden lagen unwirtliche Berge, auf die die Ibba nie hatten die Hand legen mögen; da waren weiter vor allem zahllose, gar nicht kleine weiße Flecke um die zitronengelbe Masse herum, die den Familienbesitz bezeichnete: Ländereien, die man nie hatte erwerben können, weil die Besitzer reich waren; andere Ländereien, die angeboten, aber zurückgewiesen wurden, weil sie sich in einem zu schlechten Zustand befanden; schließlich solche, die man wohl zu besitzen wünschte, die aber ganz ausgekochte Leute fest in der Hand hielten, so daß es noch nicht so weit war, daß man sie hätte schlucken können. Schließlich gab es Ländereien – nur sehr wenige –, die gelb gewesen und wieder weiß geworden waren, weil man sie verkauft hatte, um andere, bessere zu erwerben in den schlechten Jahren, in denen manche wegen Geldknappheit verkaufen mußten. Trotz dieser Flecke – sie befanden sich alle nur an den Rändern – flößte die gelbe Gesamtheit Bewunderung ein: von einem eiförmigen inneren Kern um Gibilmonte langte ein breiter Fangarm nach Osten, wurde schmäler, schob dann, wieder voller geworden, zwei Fühlfäden heraus, einen nach dem Meer, das er auf eine kleine Strecke erreichte, den anderen nach Norden, wo er bei den Steilhängen der unfruchtbaren Berge innehielt. Nach Westen hin war die Ausdehnung weiter gegangen: das waren ehemals kirchliche Ländereien, die sozusagen erobert worden waren – so rasch, wie wenn ein Messer in Schweineschmalz hineingleitet: die kleinen Ortschaften S. Giacinto und S. Narciso waren von den leichten Marschkolonnen der Enteignungs-Kommissionen erreicht und überrannt worden, eine Verteidigungslinie am Favarotta-Fluß hatte lange widerstanden, war aber jetzt zusammengebrochen, und heute, am 14. September 1901, saß ein Brückenkopf am anderen Flußufer dank der Eroberung von Píspisa, einem kleinen, aber ertragreichen Landgut am rechten Ufer des mächtigen Wildbachs.

Das neuerworbene Besitztum war auf der Karte noch nicht gelb gemalt, aber chinesische Tusche und Pinsel warteten im Schreibtisch schon auf Calcedonio; er war der einzige im Hause, der sie anzuwenden wußte, wie es sich gehört. Don Batassano Ibba selbst, das Familienoberhaupt, beinahe Baron, hatte sich vor zehn Jahren, als Scíddico enteignet worden war, in solcher Malkunst versucht, aber das Ergebnis war kümmerlich gewesen: eine gelbliche Flut hatte sich über den ganzen Plan ergossen, und man hatte eine Menge Geld ausgeben müssen, um einen neuen herstellen zu lassen. Das Fläschchen Tinte hingegen war noch dasselbe. Daher wagte es Don Batassano diesmal nicht, selber Hand anzulegen; er begnügte sich damit, den Fleck, der zu malen war, mit dem ihm eigentümlichen dreisten Bauernblick zu betrachten, und dachte, daß man nunmehr auch auf einer Karte von ganz Sizilien die Ländereien Ibba würde bemerken können – bei der ungeheuren Größe der Insel natürlich nur so groß wie ein Floh, und doch deutlich sichtbar.

Don Batassano war zufrieden, aber auch erregt: zwei Seelenzustände, die oft zugleich in ihm vorhanden waren. Dieser Ferrara, Verwalter des Fürsten von

Salina, war am Morgen aus Palermo angelangt, um den Verkauf abzuschließen; aber bis zum Augenblick der Unterschrift – was heißt hier bis zur Unterschrift: auch hernach! – war er voller Einwände gewesen und hatte die Summe in achtzig großen, rosigen Scheinen der Bank von Sizilien haben wollen, statt in dem Kreditbrief, der schon vorbereitet war; und er, Don Batassano, hatte nach oben gehen und das Bündel aus dem geheimsten Fach seines Schreibtisches holen müssen – eine aufregende Unternehmung, denn um die Zeit waren Mariannina und Totò möglicherweise irgendwo dort tätig. Allerdings hatte sich der Verwalter beschummeln lassen bei dem Grundzins von jährlich achtzig Lire, die an den Kirchenfonds zu zahlen waren; er hatte zugestimmt, sechzehnhundert Lire vom Zinsertrag abzulassen, während Don Batassano – wie auch der Notar – wußte, daß die Summe vor neun Jahren schon von einem anderen Verwalter der Salina erlassen worden war. Das war an sich jedoch nicht wichtig; aber ihn erbitterte jeder, auch der kleinste Widerstand gegen den eigenen Willen, zumal in allem, was Geld betraf: ›Da müssen sie verkaufen, weil ihnen das Wasser bis zum Halse reicht, und plötzlich fällt ihnen ein, einen Unterschied zu machen zwischen Geldscheinen und Kreditbriefen!‹

Es war erst vier Uhr, es blieben noch fünf Stunden Zeit bis zum Essen. Don Batassano öffnete das Fenster, das auf den kleinen Hof hinausging. Die glühendheiße, zermürbende, drückende Septemberhitze drang in das abgedunkelte Zimmer. Unten strich ein schnauzbärtiger Alter Vogelleim auf einige dünne Rohrstäbe: er sorgte für den Lieblings-Zeitvertreib der jungen Herren. »Giacomino, sattle die Pferde, meins und deins. Ich komme hinunter.« Er wollte sich den Schaden an der Viehtränke von Scíddico besehen: ein paar Schlingel hatten eines der viereckigen Becken zerbrochen, so hatte man ihm heute früh berichtet. Der Riß war schon recht und schlecht zugestopft worden mit kleingeklopften Steinen und dem mit Stroh vermischten Schlamm, an dem in der Nähe von Tränken nie Mangel ist; aber Tasso, der Pächter von Scíddico, hatte verlangt, die Sache solle rasch von Grund auf ausgebessert werden. Immer Ärger, immer neue Ausgaben; und wenn er nicht persönlich alles in Augenschein nahm, würde ihm der Arbeiter eine ungeheure Rechnung präsentieren. Er vergewisserte sich, daß ihm die Tasche mit der schweren Smith-Wesson am Gürtel hing: er war so daran gewöhnt, sie bei sich zu haben, daß er es schon gar nicht mehr merkte, wenn er sie umgeschnallt hatte. Er ging über die kleine Schiefertreppe in den Hof hinab. Der Feldhüter war gerade mit dem Satteln fertig; der Herr bestieg sein Pferd, wobei er sich der drei gemauerten Stufen bediente, die zu diesem Zweck an einer Wand aufgeführt waren, nahm die Reitpeitsche, die ihm ein Junge reichte, und wartete, bis sich Giacomino – ohne die Hilfe der herrschaftlichen Stufen – in den Sattel geschwungen hatte. Der Sohn des Feldhüters sperrte das fest verriegelte Tor auf, das Licht des Sommernachmittags flutete in den Hof, und Don Batassano Ibba ritt mit seiner Leibwache auf den ›Corso Maggiore‹ von Gibilmonte. Die beiden Pferde gingen fast Flanke an Flanke, das von Giacomino nur eine halbe Kopflänge hinter dem des Herrn: der Feldhüter zeigte beim Traben rechts und links vom Sattel den eisenbeschlagenen Stiefel, die geglätteten Rohrstöcke: die Hufe der Tiere stampften ungleichmäßig auf dem Kieselpflaster der abschüssigen Gassen. Die Frauen spannen vor den Türen, ohne den Herrn zu grüßen. »He, Vorsicht!« schrie Giacomino alle Augenblicke, sooft ein kleines, völlig nacktes Kind zwischen die Pferdebeine zu rollen drohte; der Erzpriester, der kippelig auf einem Stuhle saß, den Nacken an die Kirchenmauer gelehnt, stellte sich schlafend: das Patronat gehörte ja doch nicht dem steinreichen Ibba, sondern den verarmten, nicht hier wohnenden Santapau. Nur der Carabinieri-Feldwebel, der in Hemdsärmeln auf dem Balkon der Kaserne stand, beugte sich zu einem Gruß heraus. Sie verließen das Dorf, sie ritten die Viehtrift hinauf, die zur Tränke führt. Die in der Nacht durchgesickerte Wassermenge war beträchtlich, sie stand in einer breiten Pfütze um den Trog: mit Ton, Strohstücken, Kot und Urin von Kühen gemischt, stank sie beißend nach Ammoniak. Aber die Ausbesserung war zum Glück wirksam gewesen: aus den Steinfugen lief das Wasser nicht mehr heraus, es sickerte nur noch, und der dünne Zufluß, der schluckweise aus dem verrosteten Rohr quoll, genügte, um den Verlust auszugleichen. Daß das, was man getan hatte, nichts kostete, stimmte Don Batassano zufrieden; so ließ er außer acht, daß der Schaden nur vorläufig ausgebessert war. »Was hat uns Tasso da erzählt! Die Tränke ist im allerbesten Zustand. Sie braucht gar nichts. Sag dem Dummkopf lieber, er soll, wenn er wirklich ein Mann ist, aufpassen, daß mein Eigentum nicht von dem ersten besten Rotzjungen, der vorbeigeht, beschädigt wird. Er soll sich auf die Suche nach den Vätern machen und sie zu dir schicken, wenn er sich nicht selber traut, mit ihnen zu reden.«

Auf dem Rückweg lief ein erschrecktes Kaninchen

quer über die Straße, das Pferd Don Batassanos scheute, schlug heftig hinten aus, und der Magnat stürzte – er hatte wohl einen hübschen englischen Sattel, aber anstelle der Steigbügel benutzte er umeinandergedrehte Stricke. Er hatte sich nicht weh getan, und Giacomino, der hierin erfahren war, nahm die Stute am Zaumzeug und hielt sie fest. Don Batassano peitschte dem Tier vom Boden aus heftig Maul, Ohren und Flanken; es zitterte unablässig und bedeckte sich mit Schaum. Ein Tritt in den Bauch beschloß das erzieherische Werk, Don Batassano stieg auf, und die beiden kehrten nach Hause zurück, als es gerade zu dunkeln begann.

Der Rechnungsführer Ferrara, der von dem Ausritt des Hausherrn nichts wußte, war indes ins Arbeitszimmer gegangen und hatte sich, als er es leer fand, einen Augenblick hingesetzt, um auf Don Batassano zu warten. Im Zimmer befand sich ein Gewehrrechen mit zwei Flinten und ein Regal mit wenigen Mappen – ›Steuern‹, ›Eigentumsrechte‹, ›Bürgschaften‹, ›Darlehen‹ besagten die Aufschriften; auf dem Schreibtisch der vor zwei Stunden unterzeichnete Kaufvertrag; an der Wand dahinter der Plan.

Ferrara stand auf, um ihn aus der Nähe zu betrachten. Von seinen Berufskenntnissen her wie aus den zahllosen unvorsichtigen Bemerkungen, die er mit angehört hatte, wußte er genau, wie dieser ungeheuerliche Landbesitz zustande gekommen war: es war ein Heldengesang gewesen von Schlauheit, Bedenkenlosigkeit, Herausforderung der Gesetze, Härte, auch von Glück und Kühnheit. Ferrara dachte daran, wie lehrreich eine Karte sein würde, die anders gemalt wäre als diese: eine Karte, auf der, wie in den Schulbüchern die von der Ausdehnung des Hauses Savoyen in Italien, die aufeinanderfolgenden Erwerbungen in verschiedenen Farben gemalt wären. Hier in Gibilmonte war der Embryo: sechs kleine Anhöhen, ein halber Hektar Weinberg und ein Häuschen von drei Zimmern, das war alles, was Don Batassanos Vater Gaspare, ein höchst unbekümmerter Analphabet, geerbt hatte. Sehr jung noch hatte er die taubstumme Tochter eines ›Bürgers‹ verführt, der einen ganz kleinen Besitz hatte und kaum weniger arm war als er; aber mit dieser, mit Hilfe der erpreßten Hochzeit erhaltenen Mitgift hatte er immerhin die eigene Habe verdoppelt. Die geistig beschränkte Frau hatte sich ins Spiel des Mannes vollkommen eingefügt: eine geradezu schmutzige Sparsamkeit hatte es dem Paar ermöglicht, eine winzige ersparte Summe beiseitezulegen, die aber wertvoll war in einem Lande wie Sizilien, in dem die Sparsamkeit damals, wie in den Stadtstaaten der Antike, ausschließlich auf den Wucher gegründet war.

Man hatte sehr schlaue Darlehen gewährt – gewisse, ganz besondere, wie man sie Menschen gibt, die zwar ein Vermögen besitzen, aber keine genügenden Einkünfte, um ihre Zinsen zu zahlen. Sprichwörtlich geworden war das Gewinsel von Marta, Gaspares Frau, wenn sie bei Sonnenuntergang im Dorf umherging, um die wöchentlichen Forderungen einzutreiben. »Tritt Marta grunzend in das Haus, ist's mit der ärmsten Hütte aus.« Zehn Jahre gebärdenreicher Besuche, zehn Jahre Getreideunterschlagungen bei den Marchesen Santapau, deren Halbpächter Gaspare war, zehn Jahre vorsichtiger Grenzstein-Verrückungen, zehn Jahre eines nur eben gestillten Hungers – und das Vermögen des Paares war um das Fünffache gewachsen: er war damals erst achtundzwanzig Jahre alt, der jetzige Don Batassano sieben. Einmal hatte es eine stürmische Zeit gegeben: als es sich die bourbonische Justizbehörde hatte einfallen lassen, über eine der wie üblich auf dem Lande aufgefundenen Leichen Nachforschungen anzustellen. Gaspare hatte sich von

Gibilmonte fernhalten müssen, und seine Frau gab zu verstehen, er befinde sich bei einem Vetter in Adernò, um sich in der Maulbeerbaumkultur auszubilden. In Wirklichkeit hatte es keinen Abend gegeben, an dem der anhängliche Gaspare von den nahen Bergen her die Küche seines vom Glück begünstigten Häuschens nicht hätte rauchen sehen.

Alles war besser als zuvor. Damals nun dachte sich Gaspare ein Manöver aus, das toll war wie alles, was genial ist: wie Napoleón in Austerlitz sein eigenes Zentrum von Truppen zu entblößen wagte, um von den sehr starken Flügeln her die österreichisch-russischen Dummköpfe wie in einer Falle zu fangen, so belastete Gaspare all seine mühsam erkämpften kleinen Stücke Boden bis aufs äußerste mit Hypotheken und gab mit den paar tausend Lire, die er mit seiner strategischen Maßnahme herausgeholt hatte, den Marchesen Santapau ein zinsloses Darlehen – diese waren dank ihrer Freigebigkeit für die bourbonische Sache in Schwierigkeiten geraten. Das Ergebnis war folgendes: nach zwei Jahren hatten die Santapau das Lehnsgut Balate verloren – das sie übrigens nie gesehen hatten und auch vom Namen her für unfruchtbar hielten –, die Hypotheken auf den Gütern Ibba waren gelöscht, Gaspare war ›Don Gaspare‹ geworden, und in seinem Hause aß man samstags und sonntags Hammelfleisch. Nachdem die ersten hunderttausend Lire zusammengespart worden waren, hatte sich alles mit der Genauigkeit eines mechanischen Getriebes abgewickelt: die Kirchengüter, die man mit der Zahlung der ersten beiden Raten ihrer jämmerlichen Einschätzung erworben hatte, besaß man für ein Zehntel ihres Wertes; die Gebäude, die dazugehörigen Wasseradern, die Durchgangsrechte, die hier lagen, erleichterten den Erwerb der umliegenden, entwerteten Laiengüter im höchsten Grade; die aufgehäuften, erheblichen Einkünfte erlaubten den Kauf oder die Enteignung anderer, entfernterer Ländereien.

Als Don Gaspare in noch jungen Jahren starb, war sein Besitztum immerhin mehr als beträchtlich; es bestand, wie die preußischen Gebiete um die Mitte des achtzehnten Jahrhunderts, aus großen Inseln, die durch fremden Besitz voneinander getrennt waren. Dem Sohn Baldassare blieb, wie Friedrich II., die Aufgabe und der Ruhm, erst alles zu einem einzigen Block zu vereinen und dann die Grenzen des Blockes selbst nach entfernteren Gegenden auszudehnen. Weinberge, Oliven- und Mandelpflanzungen, Weideland und Grundstücke mit Erbzins, vor allem jedoch

Saatland wurden einverleibt und verdaut; ihre Einkünfte flossen in das bescheidene Arbeitszimmer von Gibilmonte, wo sie nur kurz blieben: sie verließen es fast unangerührt sehr bald, um sich wieder in Ländereien zu verwandeln. Ein ununterbrochener Glückswind schwellte die Segel der Galeone Ibba: schon wurde dieser Name in dem ganzen notleidenden Dreieck der Insel mit Achtung ausgesprochen. Don Batassano hatte sich indes, mit dreißig Jahren, verheiratet, und nicht mit einer geistig Beschränkten, wie es seine verehrte Erzeugerin gewesen war, sondern mit einer kräftigen Achtzehnjährigen, Laura, der Tochter des Notars von Gibilmonte: sie brachte ihm als Mitgift ihre eigene Gesundheit, nicht wenig Geld, die wertvolle juristische Erfahrung des Vaters und eine Unterwerfung, die vollkommen war, wenn ihr Mann ihre nicht unerheblichen sexuellen Bedürfnisse befriedigte. Acht Kinder waren der lebendige Beweis der erreichten Unterwerfung: im Hause Ibba herrschte ein hartes, lichtloses Glück.

Der Rechnungsführer Ferrara war mit zarten Gefühlen begabt, eine Menschenart, die in Sizilien höchst selten ist. Schon sein Vater war – in den stürmischen Zeiten des alten Fürsten Fabrizio – in der Verwaltung Salina angestellt gewesen; er selber, aufgewachsen in der Watte-Atmosphäre dieses Geschlechts, hatte sich angewöhnt, sich ein recht ruhiges Leben zu wünschen; war es auch nur mittelmäßig, so störte ihn das weiter nicht; ihm genügte es, wenn er sein fürstliches Stückchen Käse zu nagen hatte. Nun riefen diese zwei kümmerlichen Quadratmeter Ölpapier Härte und Zähigkeit von Kämpfen in ihm wach, vor denen seine mehr Nager- als Fleischfresser-Seele zurückschreckte. Er hatte den Eindruck, er läse wieder die Hefte jener ›Geschichte der Bourbonen in Neapel‹ von La Cecilia, die ihm sein Vater, ein feuriger Liberaler, jeden Samstag gekauft hatte; nur daß hier in Gibilmonte die mutmaßlichen Orgien von Caserta fehlten, die in dem Büchlein beschrieben sind: hier war alles rauh, wirklich, puritanisch böse. Er bekam Angst und verließ das Zimmer.

Abends beim Essen war die ganze Familie versammelt außer dem Erstgeborenen, Gaspare, der in Palermo lebte, angeblich, um sich auf die Nachprüfungen für die Aufnahme in die Oberschule vorzubereiten – er war schon zwanzig Jahre. Die Mahlzeit wurde mit ländlicher Einfachheit aufgetragen; alle Gänge waren übrigens schwer und reich. Sie wurden in die Mitte des Tisches gesetzt, und jeder fischte in dem Haufen je nach Bedarf; der Diener Totò und die

Magd Mariannina servierten hartnäckig von rechts. Die Signora Laura war das Bild einer Gesundheit, die in ihrer höchsten Blüte steht, das heißt, die auf den Gipfel der Fettleibigkeit gelangt ist: das schöngeformte Kinn, die feine Nase, die in ehelicher Wollust erfahrenen Augen verschwanden in einem üppigen, noch frischen, festen und appetitlichen Speck; die mehr als fülligen Körperformen waren in schwarze Seide gezwängt, dieses Zeichen einer immer sich wiederholenden Trauer. Die Söhne Melchiorre, Pietro und Ignazio, die Töchter Marta, Franceschina, Assunta und Paolina wiesen wunderliche Ähnlichkeiten auf, sonderbare Mischungen der raubgierigen Züge des Vaters und der milderen der Mutter. An allen, Söhnen wie Töchtern, die gleiche anspruchslose Kleidung: bedruckte *cretonnes* – grau auf weiß – für die Mädchen, Matrosenanzüge für die Jungen, auch für den ältesten hier anwesenden, Melchiorre, den siebzehnjährigen, dem der sprießende Schnurrbart drollig genug dazu verhalf, daß er aussah wie ein richtiger königlicher Matrose. Das Gespräch, oder besser gesagt das Zwiegespräch zwischen Don Batassano und Ferrara, drehte sich ausschließlich um zwei Gegenstände: um die Bodenpreise in der Nähe von Palermo im Vergleich zu denen von Gibilmonte und um die Geschichtchen der palermitaner Adelsgesellschaft. Don Batassano betrachtete alle diese Adeligen als ›Hungerleider‹, auch die, die immerhin außer Antikensammlungen, ganz abgesehen von den Einkünften, ein Vermögen besaßen, das dem seinen gleich war. Er lebte eingeschlossen in seinem Dorf, fuhr selten in die Provinzstadt und reiste noch seltener nach Palermo, um Prozesse am Appellationsgericht zu führen: so kannte er von diesen adeligen Herren persönlich auch nicht einen und hatte sich von ihnen ein abstraktes, einseitiges Bild geschaffen, etwa wie sich die Leute Harlekin oder eine andere Komödienfigur vorstellen. Fürst A. war ein Verschwender, Fürst B. ein Schürzenjäger, der Herzog C. gewalttätig, Baron D. ein Spieler, Don Giuseppe E. ein Raufbold, der Marchese F. ›ästhetisch‹ – er meinte ›Ästhet‹, was ja auch nur ein Euphemismus ist, um Schlimmeres zu bezeichnen. Und so ging es weiter: jeder war so etwas wie eine in Pappe geschnittene alberne Figur. Don Batassano neigte ganz schrecklich dazu, mit diesen seinen Meinungen vollkommen danebenzugreifen; es gab wahrhaftig kein Beiwort, das mit einem Namen nicht irrtümlich verbunden, und sicher keinen Fehler, der nicht legendenhaft übertrieben wurde, während er die wirklichen Mängel dieser Menschen nicht erkannte: sein Verstand arbeitete in Abstraktionen und gefiel sich darin, die Reinheit der Ibba vor dem verderbten Hintergrund des alten Adels zu betrachten.

Ferrara kannte die Dinge ein wenig besser, aber auch nur recht lückenhaft; daher mangelte es ihm, als er den phantasiereichsten Behauptungen zu widersprechen suchte, sehr bald an Beweisen. Anderseits erregten seine Worte in Don Batassano eine solche moralische Entrüstung, daß er schnell schwieg; im übrigen war man am Ende der Mahlzeit.

Diese war nach Urteil Ferraras vorzüglich gewesen. Donna Laura überließ sich in puncto Küchenkunde keinen pindarischen Flügen: sie ließ die sizilianische Küche, was Zahl der Gänge und Überfluß an Gewürzen anlangt, in der dritten Potenz servieren, machte sie also geradezu mörderisch. Die Makkaroni schwammen buchstäblich im Öl ihres Saftes und waren unter Lawinen von *Caciocavallo*-Käse begraben, das Fleisch war mit brennendscharfen Salamiwürsten gefüllt, die ›raschen‹ süßen, mit Cochenille gefärbten Suppen enthielten das Dreifache an vorgeschriebenem Alkermes-Likör, Zucker und feurigem Zucco-Wein. Aber das alles erschien Ferrara, wie gesagt, vorzüglich und als der Gipfel der wahren, guten Küche; seine seltenen Mahlzeiten im Hause Salina hatten ihn wegen der

Ungewürztheit der Speisen immer enttäuscht. Als er jedoch am folgenden Tage nach seiner Rückkehr nach Palermo dem Fürsten Fabrizietto die achtundsiebzigtausendzweihundert Lire übergab und ihm die Mahlzeit beschrieb, die ihm die Ibba angeboten hatten – er kannte die Vorliebe des Fürsten für die ›coulis de volaille‹ des Pré Catelan und die ›timbales d'écrevisses‹ von Prunier –, bezeichnete er das, was ihm als Vorzug erschienen war, als abscheulich. Damit machte er sich Salina sehr angenehm, und dieser erzählte dann während des Pokerspielchens im Club alles das den Freunden, die auf Nachrichten über die legendären Ibba immer begierig waren, und alle lachten bis zu dem Augenblick, da der unerschütterliche Peppino San Carlo ein *full* von Königinnen ansagte.

Die Wißbegier für alles, was die Familie Ibba betraf, war, wie gesagt, in der Welt des palermitaner Adels immer vorhanden. Nun ist ja die Wißbegier die Mutter der Märchen, und so entstanden damals in der Tat hundert Phantasien um dieses Vermögen, das so plötzlich in Erscheinung getreten war. Sie zeugten nicht nur von der schäumenden, kindlichen Einbildungskraft der oberen Klassen, sondern auch von einem unbewußten Mißbehagen: diese Menschen sahen, daß es möglich war, am Anfang des 20. Jahrhunderts ein großes, ausschließlich auf Landbesitz fundiertes Vermögen aufzubauen – eine Form von Reichtum, die, nach der bitteren Erfahrung eines jeden dieser Herren, allzuleicht zerfiel; sie war nicht dazu geschaffen, eine bleibende Pracht darauf zu begründen. Aber die alten Feudalherren spürten, daß der in diesem Manne Ibba sozusagen reinkarnierte unermeßliche Getreidebesitz der Chiaramonte und Ventimiglia aus den verflossenen Jahrhunderten gegen alle Vernunft war und für sie selber gefährlich; daher waren sie ihm insgeheim abgeneigt. Und das nicht nur, weil der imponierende Bau zum großen Teil mit dem Material errichtet war, das ehemals ihnen gehört hatte, sondern weil sie ihn als die Offenbarung des beständigen Anachronismus wahrnahmen, dieser Bremse an den Rädern des sizilianischen Karrens – eines Anachronismus, den sehr viele wahrnehmen; aber keiner kann sich ihm im Grunde entziehen oder sich enthalten, daran mitzuwirken.

Man muß wiederholen, daß dieses Mißbehagen im unbewußten Kollektiv verborgen blieb; es kam nur in der Verkleidung von Späßen und Witzen an die Oberfläche, wie es sich gehört für eine Klasse, die an allgemeinen Ideen einen spärlichen Verbrauch hat. Obwohl man das Vermögen des Baldassare Ibba leicht hätte genau feststellen können, schätzte man es einfach auf hundertzwanzig bis hundertfünfzig Millionen; ein ganz Kühner wagte einmal von ›fast einer Milliarde‹ zu sprechen, aber man gebot ihm – um die Wahrheit zu gestehen –, er möge doch still sein: denn diese heute so banale Zahl war im Jahre 1901 so selten, daß kaum ein Mensch ihre wahre Bedeutung kannte; damals, zur Zeit der Gold-Lira, sagte man mit ›einer Milliarde Lire‹ so gut wie nichts. Die Ursprünge dieses Vermögens verknüpfte man mit den entsprechenden Phantastereien. Was die Niedrigkeit der Herkunft von Don Batassano betraf, so konnte man darin schwerlich übertreiben; der alte Corrado Finale, dessen Mutter eine Santapau war, hatte – ohne es offen heraus zu sagen – durchblicken lassen, Don Batassano wäre der Sohn eines Schwagers von ihm, der eine Zeitlang in Gibilmonte gelebt habe. Aber der Spaß fand wenig Glauben, weil man wußte, daß es zu Finales Gewohnheiten gehörte, sich selbst oder seinen Verwandten die heimliche Vaterschaft von jeder bekannten Persönlichkeit zuzuschreiben, von der man sprach, ob es nun ein siegreicher General oder eine gefeierte Primadonna war. Aus der einen bescheidenen

Leiche jedoch, die Don Gaspare Schwierigkeiten bereitet hatte, wurden zehn, ja hundert, und nirgends in Sizilien war innerhalb der letzten dreißig Jahre ein Mensch verschwunden – und das geschah ziemlich häufig –, ohne daß man es den Ibba zur Last gelegt hätte; gleichwohl waren sie, was das Strafgesetz betraf, mehr als in Ordnung. Dies bildete, obschon das vielleicht überraschen mag, den wohlwollenderen Teil der Legende, weil ein Akt von Gewalttätigkeit, wenn er straflos bleibt, damals Grund zu besonderer Achtung war: die Aureole sizilianischer Heiliger ist blutig.
Zu diesen Gerüchten, die unmittelbar ausgesät wurden, kamen solche, die man von anderswo hierher umpflanzte; man holte zum Beispiel die verstaubte Geschichte wieder hervor, die man sich schon vor hundert Jahren von Testasecca erzählt hatte: es hieß, ›er habe einen kleinen Kanal ausheben und Hunderte von Kühen und Tausende seiner Schafe auf dem aufgehäuften Damm zusammentreiben lassen, dann habe er sie alle zugleich melken lassen und so König Ferdinand IV. das Schauspiel gegeben, daß ein Bächlein warmer, schaumiger Milch vor ihm dahinfloß.‹ Diese Fabel, die nicht ohne eine gewisse Hirtenpoesie war und daher ihren Ursprung aus Theokrit hätte verraten müssen, wurde nun Don Batassano angehängt, wobei man einfach für

den König Ferdinand Umberto I. einsetzte; und obwohl man sehr leicht hätte beweisen können, daß dieser Herrscher nie den Fuß auf die Güter Ibba gesetzt hatte, blieb sie unbestritten am Leben.

Aus diesen Gründen – einem mit Furcht gemischten heimlichen Groll – wandte sich das Gespräch, als das Pokerspielchen zu Ende war, wieder dem Gegenstand Ibba zu. Die etwa zehn anwesenden Clubmitglieder hatten sich auf der Terrasse niedergelassen; diese lag über einem stillen Hof und war von einem hohen Fliederbaum beschattet, der seine Blüten auf die meist älteren Herren regnen ließ. Diener in Rot und Blau reichten Eis und Getränke. Aus der Tiefe eines weidengeflochtenen Sessels erklang die immer aufgebrachte Stimme von Santa Giulia.

»Kann man nun endlich erfahren, wieviel Land dieser verwünschte Ibba wirklich hat?«

»Das kann man. Man weiß es. Vierzehntausenddreihundertfünfundzwanzig Hektar«, entgegnete San Carlo kalt.

»Nur? Ich dachte, mehr.«

»Ach was – vierzehntausend! Nach Leuten, die dort waren, sind es mindestens zwanzigtausend Hektar, todsicher; und alles Saatgelände erster Güte.«

Der General Làscari, der in die Lektüre der *Tribuna*

vertieft schien, senkte jäh die Zeitung und zeigte sein leberfleckiges Gesicht, das von gelben Falten durchzogen war; aus ihnen hob sich die sehr weiße Hornhaut hart und etwas drohend heraus, wie es bei den Augen bestimmter griechischer Bronzen der Fall ist. »Achtundzwanzigtausend sind es, nicht mehr und nicht weniger; das hat mir mein Neffe gesagt, und der ist der Vetter der Frau von Ibbas Präfekten. So ist es, und damit basta. Zwecklos, länger darüber zu reden.«

Pippo Follonica aus Rom, der hier vorübergehend zu Gast war, fing an zu lachen: »Aber wenn Euch so viel daran liegt – warum schickt Ihr nicht jemanden aufs Katasteramt? Es ist leicht, die Wahrheit zu erfahren, wenigstens diese Wahrheit!«

Der Vorschlag war vernünftig; doch man nahm ihn mit Kälte auf. Follonica verstand nichts von der nicht statistischen, sondern leidenschaftlichen Natur der Erörterung: bei diesen Herren ging der Ball des Gesprächs zwischen Neid, Groll und Ängsten hin und her – alles Dinge, die zu besänftigen Katasterbescheinigungen nicht genügen.

Der General wurde giftig. »Wenn ich etwas sage, braucht es weder ein Katasteramt noch zwei.« Dann stimmte ihn die Höflichkeit, die er dem Gast schuldete, sanfter. »Lieber Fürst, Sie wissen nicht, was der

Kataster bei uns ist! Die Grundbuchüberschreibungen sind nie gemacht worden, als Eigentümer stehen noch die darin, die verkauft haben und jetzt im Armenspital sind.«

Einer so detaillierten Widerlegung gegenüber änderte Follonica seine Taktik. »Nehmen wir an, daß die Menge der Hektare unbekannt bleibt; aber den Vermögenswert dieses Kastanienrösters, der Euch in Aufregung versetzt, wird man doch wissen!«

»Natürlich: der reine Wert: acht Millionen.«

»Ach was!« Damit fing bei Santa Giulia jeder Satz unfehlbar an. »Ach was! Nicht einen Centesimo weniger als zwölf!«

»Aber in was für einer Welt lebt Ihr denn! Ihr wißt über rein gar nichts Bescheid! Es sind fünfundzwanzig Millionen allein in Landbesitz. Dazu kommen noch die Grundzinseinnahmen, die ausgeliehenen Kapitale, die noch nicht in Besitz verwandelt sind, und der Wert des Viehs. Zum wenigsten weitere fünf Millionen.«

Der General hatte die Zeitung weggelegt, er machte eine heftige Bewegung. Die entschiedene Art, sich zu äußern, hatte den ganzen Club schon seit Jahren gegen ihn aufgebracht; jedes Mitglied wünschte, von sich aus unanfechtbare Behauptungen aufzustellen. So bildete sich gegen seine Meinung sofort ein Bündnis wiedererwachter Antipathien, und plötzlich sank die Achtung vor dem Vermögen Ibba, ohne daß man sich weiter um den größeren oder geringeren Wert gekümmert hätte. »Das ist ja alles erdichtet; mit Geld und Frömmigkeit ist es immer nur halb so schlimm. Wenn Baldassare Ibba alles in allem zehn Millionen hat, so ist das viel.« Die Zahl war aus dem Nichts gegriffen, das heißt, sie kam aus einer polemischen Notwendigkeit; aber als sie ausgesprochen war – denn sie entsprach dem Wunsch eines jeden –, beruhigte sie alle außer dem General, der aus der Tiefe seines Sessels ohnmächtig gegen seine neun Gegner gestikulierte.

Ein Diener kam auf die Terrasse mit einem langen Rohrstab, auf dessen Spitze ein mit Spiritus getränktes Wollknäuel brannte. Statt des milden Lichtes vom Sonnenuntergang hatte man nun das harte der Gaslampe. Der Römer amüsierte sich hinlänglich; er war zum erstenmal in Sizilien, und in den fünf Tagen seines Aufenthalts in Palermo war er in etlichen Häusern empfangen worden und hatte angefangen, sich von seinem Vorurteil über den Provinzialismus der Palermitaner zu bekehren: die Mahlzeiten waren gut serviert gewesen, die Salons schön, die Damen voll

Anmut. Aber nun diese leidenschaftliche Erörterung über das Vermögen einer Person, die keiner der Streitenden kannte noch kennen wollte, diese offenbaren Übertreibungen, dieses krampfhafte Gestikulieren um nichts – alles das bewirkte, daß er seine gute Meinung zurücknahm; es ließ ihn etwas zu sehr an die Gespräche denken, die er in Fondi oder Palestrina hörte, wenn er dorthin ging, sich um seine Ländereien zu kümmern; es ließ ihn auch an die Apotheke Bésuguet denken, an die er aus der Zeit seiner Lektüre des *Tartarin* eine Erinnerung bewahrte, die ihn zum Schmunzeln brachte; und er sammelte einen Vorrat an Geschichten, um sie den Freunden zu erzählen, wenn er in acht Tagen wieder nach Rom zurückkehren würde. Aber er hatte unrecht: er war zu sehr Weltmann, als daß er bis unter das obenhin Sichtbare gedrungen wäre, und was ihm als ein humoristisch zu nehmender Provinzialismus erschien, war alles andere als komisch: es war das tragische Erschrecken, die Erschütterung einer Klasse, die ihren eigenen Großgrundbesitzer-Primat, das heißt den eigenen Daseinsgrund und die eigene soziale Kontinuität entschwinden sah; einer Klasse, die in listigen Übertreibungen, in künstlichen Verkleinerungen ihrem Zorn freien Lauf zu lassen, ihrer Furcht Erleichterung zu schaffen suchte.

Da es unmöglich war, an die Wahrheit heranzukommen, schweifte das Gespräch ab: es blieb zwar immer auf die Erforschung der privaten Tatsachen von Baldassare Ibba gerichtet, aber es überließ sich nun der Betrachtung seiner persönlichen Belange.

»Er lebt wie ein Mönch; er steht um vier Uhr morgens auf; er geht auf die Piazza, um die Tagelöhner in Dienst zu nehmen, er beschäftigt sich den ganzen Tag mit der Verwaltung, er ißt nur Pasta und in Öl geschmortes Gemüse, und abends um acht ist er im Bett.«

Salina erhob Einspruch: »Immerhin ein Mönch mit Frau und acht Kindern. Ein Angestellter von mir hat vierundzwanzig Stunden in seinem Hause zugebracht: das Haus ist häßlich, aber groß und bequem – kurz, wie es sich gehört; die Frau muß schön gewesen sein; die Kinder sind ordentlich gekleidet, ein Sohn ist sogar hier in Palermo in der Schule; und an seinem Tisch ißt man schwer, aber reichlich, wie ich Euch schon erzählt habe.«

Der General blieb hartnäckig: »Du glaubst alles, was man dir erzählt, Salina; eher haben sie deinem Angestellten, der ein Dummkopf sein muß, Sand in die Augen streuen wollen. Brot, Käse und Öllampe, das ist das tägliche Leben, das wahre Leben von Ibba; wenn jemand aus Palermo kommt, will er natürlich

Aufwand treiben, um uns zu blenden; wenigstens bildet er sich ein, daß er das kann.«

Santa Giulia warf sich in seinem Sessel hin und her in dem ungestümen Drang, den anderen etwas mitzuteilen: die gut beschuhten Füße trommelten auf dem Boden, die Hände zitterten ihm, die Zigarettenasche schneite auf den Anzug: »Ach was, meine Herren – ihr wißt überhaupt nichts. Ihr täuscht euch vollkommen. Ich allein weiß, wie die Dinge stehen: die Frau eines Feldhüters von mir ist aus Torrebella, zwei Schritt von Gibilmonte; sie besucht alle Augenblicke ihre Schwester – die ist dort verheiratet und hat ihr alles erzählt. Sicherer kann man doch wohl nicht gehen.« Er suchte in den Augen eines jeden eine Bestätigung der eigenen Sicherheit, und da alle sich amüsierten, fand er sie leicht. Obwohl auf kein schamhaftes Ohr Rücksicht zu nehmen war, senkte er die Stimme: ohne diese melodramatische Umsicht wäre die Wirkung dessen, was er enthüllen wollte, nicht die gleiche gewesen.

»Vier Kilometer von Gibilmonte entfernt hat sich Don Baldassare ein Häuschen bauen lassen: das Luxuriöseste, was man sich vorstellen kann, mit Möbeln von Salci und allem sonst.« Erinnerungen an Lektüren von Catulle Mendès, Heimwehgedanken an Freudenhäuser in Paris, unverwirklichte, wenn auch lange genährte Sehnsüchte erschienen vor seiner Phantasie. »Er hat aus Paris den großen Maler Rochegrosse kommen lassen, der hat ihm alle Zimmer mit Fresken ausgemalt: drei Monate ist er in Gibilmonte geblieben und hat für jeden Monat hunderttausend Lire verlangt.« – Rochegrosse war in der Tat vor zwei Jahren in Sizilien gewesen; er war mit Frau und drei Kindern acht Tage dageblieben und wieder abgereist, nachdem er in aller Ruhe die Cappella Palatina, Segesta und die Latomien von Syrakus besucht hatte. – »Ein Vermögen hat das gekostet! Aber was für Fresken hat er auch gemacht! Sachen, die einen Toten wieder auferwecken könnten! Nackte Frauen, ganz nackt, die tanzen, trinken, sich paaren mit Männern und untereinander, in allen Stellungen, auf alle nur möglichen Arten. Meisterarbeiten! Eine Enzyklopädie, sage ich euch, eine Enzyklopädie aller Lüste! Dort empfängt Ibba Frauen zu Dutzenden: italienische, französische, deutsche, spanische. Auch die Otero ist dort gewesen, ich weiß es ganz sicher. Dort hat sich ein Batassano seinen Damhirschpark geschaffen wie Ludwig XVI.« Diesmal hatte Santa Giulia wirklich Eindruck gemacht: alle hörten ihm mit offenem Munde zu. Nicht daß sie daran geglaubt hätten – aber sie fanden die

Phantasie höchst poetisch, und jeder wünschte sich die Millionen von Ibba, damit man auf seine Kosten ähnlich prächtige Märchen erfinden könnte. Der erste, der aus der poetischen Verzauberung wieder zu sich kam, war der General. »Und wieso weißt du das? Bist du in dem Häuschen gewesen? Als Odaliske oder als Eunuch?« Sie lachten, es lachte auch Santa Giulia. »Ich habe es euch schon gesagt: die Frau von meinem Feldhüter Antonio hat diese Malereien gesehen.« »Bravo! Dann hat sie ihrem Feldhüter Hörner aufgesetzt!« »Ach was, Hörner! Sie ist hingegangen, um Bettücher abzuliefern, die sie gewaschen hatte. Sie haben sie nicht hineingelassen, aber es war ein Fenster offen, und sie hat alles gesehen.«

Das Lügenschloß war offensichtlich höchst zerbrechlich; aber es war so schön, so ganz gemacht aus Frauenschenkeln, aus namenlosen Obszönitäten, aus großen Malern und großen Hunderttausendlire-Scheinen, daß keiner Lust hatte, darauf zu blasen, um es zu Fall zu bringen.

Salina zog die Uhr heraus: »Mamma mia! Es ist schon acht! Ich muß nach Hause und mich umkleiden: heute abend ist im *Politeama* die *Traviata*, und dieses *Amami, Alfredo* der Bellincioni darf man nicht versäumen. Wir sehen uns in der Proszeniumsloge.«

FREUDE UND MORALISCHES GESETZ

Als er in den Autobus stieg, belästigte er alle.

Die Mappe, die gestopft voll war mit den Papieren anderer Leute, das riesige Paket, das er im gebogenen linken Arm halten mußte, das Halstuch aus grauem Samt, der Regenschirm, der im Begriff war sich zu entfalten – alles das erschwerte es ihm, den Rückfahrschein vorzuweisen; er war gezwungen, das große Paket auf das Tischchen beim Fahrer zu legen, verursachte einen Erdrutsch gewichtloser kleiner Münzen, wollte sich bücken, um sie aufzusammeln, und erregte damit den Einspruch derer, die hinter ihm standen: seine Langsamkeit ließ sie befürchten, ihr Mantel könne von der sich automatisch schließenden Tür eingeklemmt werden. Schließlich gelang es ihm, in die Reihe der Leute einzurücken, die sich an den Riemen festhielten; er war nur schmal, aber seine Bepacktheit verlieh ihm den Umfang einer Nonne, die von sieben Röcken aufgequollen ist. Als er auf dem feuchten, schmierigen Boden durch das elende Gedränge weiterglitt, erregte sein Volumen im ganzen Wagen Mißstimmung: er trat auf Füße, die andern traten auf die seinen, er bekam Vorwürfe; als er aber gar hinter sich ein paar Worte hörte, die auf ein vermutlich mißliches Zuhause anspielten, gebot ihm die Ehre, sich umzudrehen; und er bildete sich ein, er hätte dem müden Ausdruck seiner Augen eine Drohung entlockt. Sie fuhren durch Straßen, in denen ländliche Barockfassaden die elenden Rückseiten verbargen, die sich dem Blick jedoch zeigten, sobald man um eine Ecke bog; trübe Lichter achtzig Jahre alter Geschäfte glitten an ihnen vorüber.

Als er an seiner Haltestelle angelangt war, drückte er auf den Klingelknopf, stolperte über seinen Schirm und fand sich endlich allein auf seinem holperig gepflasterten Quadratmeter Fußsteig. Er beeilte sich, festzustellen, daß die Plastik-Brieftasche noch dawar. Endlich konnte er seines Glückes froh werden.

In der Brieftasche steckten siebenunddreißigtausendzweihundertfünfundvierzig Lire, das sogenannte dreizehnte Monatsgehalt, das er vor einer Stunde bekommen hatte. Das bedeutete etliche Dornen weniger: der erste, dringlichste war der Hausbesitzer, bei dem sich eine Mietschuld von nun schon einem halben Jahr aufgehäuft hatte; ein zweiter Dorn: der höchst pünktliche Raten-Eintreiber für die Kaninjacke, das sogenannte *lapin* seiner Frau – »Sie steht dir viel besser als ein langer Mantel, sie macht dich schlank«; ein weiterer Dorn: die schiefen Blicke des Fisch- und des Gemüsehändlers. Diese vier großen Scheine ließen auch die Furcht vor der nächsten Lichtrechnung verschwinden, die besorgten Blicke auf die Schuhchen der Kinder, die ängstliche Beobachtung der zitternden Flämmchen vom Kochgas; sie bedeuteten ganz gewiß keine Üppigkeit, aber sie versprachen eine Pause in der Angst, was ja die wahre Freude der Armen ist; und womöglich würden ein paar tausend Lire einen Augenblick länger leben, um sich dann im Glanz des Weihnachts-Festmahls zu verzehren.

Aber er hatte solche dreizehnten Monatsgehälter schon zu viele bekommen, als daß er allein der flüchtigen Erheiterung, die sie hervorbrachten, das rosige Gefühl von Euphorie hätte zuschreiben können, das ihn jetzt wie ein Sauerteig durchdrang. Jawohl, rosig war es, so rosig wie die Umhüllung der höchst angenehmen Last, die ihm den linken Arm geradezu lähmte. Nein – dieses Gefühl entströmte dem Sieben-Kilo-Weihnachtskuchen, dem *Panettone*, den er aus dem Büro mitgebracht hatte. Nicht daß er auf dieses ebenso verbürgte wie zweifelhafte Gemisch aus Mehl, Zucker,

Eipulver und Rosinen erpicht war; ja, im Grunde aß er ihn nicht einmal besonders gern. Aber sieben Kilo Luxusware auf einmal! Ein genau umgrenzter, doch wirklich großer Überfluß in einem Hause, wo das, was verzehrt wurde, hundertgramm- und halbliterweise hineinkam! Ein berühmtes Erzeugnis in einer Speisekammer, die den Etiketts dritter Ordnung geweiht war! Was für eine Freude für Maria, was für ein Geschrei bei den Kindern, die vierzehn Tage lang ein unerforschtes Wildwest durchstreifen würden: die ihnen völlig unbekannte Vespermahlzeit!

Dies waren jedoch die Freuden der andern – materielle Freuden aus Vanille und buntem Papier, kurz: *Panettoni.* Sein persönliches Glück unterschied sich hiervon beträchtlich: ein geistiges Glück, gemischt aus Stolz und einem ganz besonderen Gefühl – eben geistig.

Als kurz zuvor der *Commendatore,* der mit dem Komturkreuz ausgezeichnete Leiter seines Büros, mit der etwas hochmütigen Liebenswürdigkeit des alten Parteihäuptlings Weihnachtswünsche und Gratifikationen verteilte, hatte er auch gesagt, der sieben Kilo schwere *Panettone,* den die große Erzeugerfirma dem Büro als Geschenk zugeschickt habe, solle dem verdienstvollsten Angestellten übermittelt werden; daher bitte er seine lieben Mitarbeiter, ihm auf demokratische Art – genau so sagte er – den Glücklichen unverzüglich zu bezeichnen.

Dabei lag der *Panettone* dort auf seinem Schreibtisch, gewichtig, hermetisch verschlossen, ›mit Zukunftshoffnungen beladen‹, wie ebenderselbe *Commendatore* vor zwanzig Jahren in Faschistenuniform gesagt hätte. Unter den Kollegen hatte es ein unterdrücktes Lachen und Geflüster gegeben; dann hatten alle, und der Direktor zuerst, seinen Namen gerufen. Eine große Genugtuung, eine Zusicherung, daß er sein Amt behalten würde, kurz gesagt: ein Triumph. Und nichts hatte dann dieses stärkende Gefühl zu erschüttern vermocht, weder die dreihundert Lire, die er unten in der Bar, in der doppelt bleifarbenen Stimmung des Schlechtwetter ankündigenden Sonnenuntergangs und des schwachen Neonlichts, für den Kaffee hatte bezahlen müssen, den er den Freunden anbot, noch das Gewicht seiner Beute, noch die häßlichen Worte, die er im Autobus hörte; nichts, nicht einmal dann, als es ihm in der Tiefe seines Bewußtseins aufdämmerte, daß es sich bei den Angestellten um einen Akt demütigenden Mitleids für seine Bedürftigkeit gehandelt haben könnte. Er war wahrhaftig zu arm, um es sich zu erlauben, daß das Kräutlein Stolz irgendwo aufschoß, wo es das nicht durfte.

Sein Nachhauseweg führte ihn durch eine verfallene Straße, der die Bombenangriffe vor fünfzehn Jahren die letzten Glanzlichter aufgesetzt hatten. Er kam zu der gespenstisch anmutenden Piazzetta; in ihrem Hintergrund lag wie zusammengekauert der merkwürdig fahle Bau seines Mietshauses.

Munter grüßte er den Hauswart Cosimo, der ihn verachtete aus dem Bewußtsein, daß er selber ein höheres Gehalt bekäme als er. Neun Stufen, drei Stufen, neun Stufen: das Stockwerk, in dem der Cavaliere Tizio wohnte. Puh – der hatte zwar einen Fiat 1100, das schon, aber auch eine häßliche, alte, immer schimpfende Frau. Neun Stufen, drei Stufen, fast wäre er ausgeglitten, neun Stufen: die Wohnung des Doktor Sempronio: der war schlimmer daran als je; ein Sohn arbeitslos, noch dazu toll auf Lambrettas und Vespas, und das Wartezimmer ständig leer. Neun Stufen, drei Stufen, neun Stufen: sein Zuhause, die kleine Wohnung eines wohlgelittenen, ehrenhaften, geehrten Mannes mit einer Extra-Belohnung, eines nichtbeamteten Buchhalters. Er öffnete die Tür, er trat in den schmalen Flur, den schon der Geruch gebratener Zwiebeln erfüllte; auf eine Sitztruhe, die nicht größer war als ein kleiner Lastkorb, legte er das schwere Paket, die mit den Anliegen anderer Leute beladene Mappe,

das lästige Halstuch. Laut rief er: »Maria! Komm schnell! Komm und sieh, was ich hier Schönes habe!«
Die Frau trat aus der Küche in einem himmelblauen, vom Ruß der Töpfe gezeichneten Hauskleid, die kleinen, vom vielen Spülwasser geröteten Hände lagen über dem Leib, den die Geburten unförmig gemacht hatten. Die Kinder mit ihren Rotznasen drängten sich um das rosige Monument und zwitscherten aufgeregt, ohne daß sie gewagt hätten, es zu berühren.
»Ah, schön. Und hast du das Gehalt mitgebracht? Ich habe keine einzige Lira mehr.« »Hier ist es, meine Liebe; ich behalte für mich nur das Kleingeld, zweihundertfünfundvierzig Lire. Aber sieh doch: was für ein Geschenk des Himmels!«
Maria war früher hübsch gewesen; noch vor einigen Jahren hatte sie ein süßes, ausdrucksvolles, von lebhaften Augen erhelltes Gesichtchen gehabt. Jetzt hatten die Streitereien mit den Kramladenbesitzern ihre Stimme rauh gemacht, das schlechte Essen hatte ihre Haut verdorben; die unaufhörliche Sorge um eine Zukunft, die voller Klippen war und im Nebel lag, hatte den Glanz der Augen zum Erlöschen gebracht. Nur weniges war von ihr übriggeblieben: eine fromme und daher unbeugsame Seele ohne Zärtlichkeit, eine verborgene Güte, die sich in nichts als Vorwürfen und

Verboten ausdrücken konnte; außerdem der Stolz einer gedemütigten, aber zähen Kaste, denn sie war die Enkelin eines großen Hutmachers von der Via Independenza und verachtete die nicht gleichwertige Herkunft ihres Girolamo; sie betete ihn an, wie man ein dummes, aber liebes Kind anbetet.

Ihr Blick glitt gleichgültig über das verzierte Papier. »Sehr schön. Morgen schicken wir den Kuchen dem Advokaten Risma; wir sind ihm sehr verpflichtet.«

Der Advokat hatte ihn vor zwei Jahren mit einer verwickelten Buchführungsarbeit beauftragt und hatte sie beide, außer daß er ihn bezahlt hatte, in seine abstrakt-metallische Wohnung zum Essen eingeladen; dabei hatte der Buchhalter wegen der aus diesem Anlaß gekauften Schuhe gottserbärmlich gelitten. Und jetzt sollten also für diesen Mann, dem es an nichts fehlte, seine Maria, sein Andrea, sein Saverio, die kleine Giuseppina und er selbst auf die einzige üppige Ader verzichten, auf die er in so vielen Jahren gestoßen war!

Er ging rasch in die Küche, holte ein Messer und stürzte sich auf den Kuchen, um die Goldfäden durchzuschneiden, die eine geschickte Arbeiterin in Mailand so schön um das Paket geknotet hatte; aber eine gerötete Hand legte sich ihm müde auf die Schulter:

»Girolamo, sei kein Kind. Du weißt doch, daß wir uns Risma erkenntlich zeigen müssen.«
Es sprach das Gesetz; das moralische Gesetz, das von den rechtschaffenen Hutmachern ausging.
»Aber meine Liebe, das ist eine Belohnung für Tüchtigkeit, ein Beweis, daß ich geschätzt werde!«
»Ach, hör doch auf. Schöne Leute, deine Kollegen mit ihrem Zartgefühl! Ein Almosen, Girò, nichts als ein Almosen.« Sie nannte ihn mit dem alten Kosenamen, sie lächelte ihm zu mit Augen, in denen nur er die Spuren des früheren Zaubers entdecken konnte.
»Morgen kaufst du einen andern, ganz kleinen Panettone, der genügt für uns; und vier solche rote Korkzieherkerzen, wie sie in der Marktbude ausgestellt sind. So wird es sehr festlich.«
Am Tage danach erstand er in der Tat einen Panettone ohne kunstvolle Aufschrift, nicht vier, sondern nur zwei von den erstaunlichen Kerzen, und schickte durch eine Agentur das Mastodon an den Advokaten Risma, was ihn wieder zweihundert Lire kostete.
Übrigens mußte er nach Weihnachten einen dritten Kuchen kaufen und ihn, in Stücke aufgeteilt, den Kollegen mitbringen, die ihn verspottet hatten, daß er ihnen auch nicht ein Krümchen von der üppigen Beute abgegeben habe.

Über das Schicksal des erstgeborenen Panettone fiel ein dichter Vorhang.

Er ging auf die Agentur ›Blitz‹, um zu reklamieren. Man zeigte ihm hochmütig das Verzeichnis der Empfangsbescheinigungen, auf dem der Diener des Advokaten gegengezeichnet hatte. Nach dem Dreikönigstag kam jedoch eine Visitenkarte ›mit lebhaftesten Danksagungen und Wünschen‹.

Die Ehre war gerettet.

DIE STÄTTEN
MEINER FRÜHEN KINDHEIT

Erstes Kapitel

Die Erinnerungen an die frühe Kindheit bestehen, glaube ich, bei jedermann aus einer Reihe von Wahrnehmungen durch das Auge, von denen viele zwar sehr klar, doch ohne jede chronologische Bedeutung sind. Eine ›Chronik‹ der eigenen Kindheit zu schreiben, ist meiner Ansicht nach unmöglich: auch wenn man im besten Glauben handelt, würde man doch unrichtige Eindrücke wiedergeben, weil in Wirklichkeit vieles zeitlich anders lag. Ich will daher die Methode anwenden, die Dinge in Gruppen zusammenzunehmen, und versuchen, einen runden, umfassenden Eindruck zu vermitteln, mehr im Raum als in der zeitlichen Aufeinanderfolge. Ich will vom Milieu meiner Kindheit sprechen, von den Menschen, die mich umgaben; von meinen Empfindungen, ohne dabei zu versuchen, ihre Entwicklung a priori zu verfolgen.

Ich kann versprechen, nichts zu berichten, was falsch ist; aber ich glaube nicht, daß ich alles sagen werde. Ich behalte mir das Recht vor, gelegentlich durch Weglassen nicht ganz bei der Wahrheit zu bleiben – falls ich meine Ansicht nicht noch ändere.

Eine der frühesten Erinnerungen, die ich zeitlich genau bestimmen kann, weil sie sich auf eine geschichtlich überprüfbare Tatsache bezieht, geht auf den 30. Juli 1900 zurück, also auf den Augenblick, in dem ich ein paar Tage älter als dreieinhalb Jahre war.

Ich befand mich mit meiner Mutter und ihrer Zofe – wahrscheinlich war es Teresa aus Turin – im Toilettenzimmer. Dies war ein Zimmer, welches, mehr lang als breit, Licht von zwei an den Schmalseiten einander gegenüberliegenden Balkonen erhielt; davon sah der eine auf den kleinen Garten, der unser Haus von dem Oratorium S. Zita trennte, der andere auf einen engen Innenhof. Der Toilettentisch – in *haricot*-Form, die Glasplatte mit einem rosa Stoff unterlegt, die Beine mit einer Art Rock aus weißer Spitze umhüllt – hatte seinen Platz vor dem Balkon, der nach dem Garten ging, und auf ihm befand sich außer den Bürsten und anderen Kleinigkeiten ein großer Spiegel; auch sein mit Sternen und sonstigen Glasornamenten verzierter Rahmen war aus Spiegelglas, und diese Sterne und Verzierungen gefielen mir sehr.

Es war, glaube ich, morgens gegen elf Uhr, ich sehe noch das mächtige Sommerlicht durch die geschlossenen Jalousien des offenstehenden Fensters hereindringen.

Meine Mutter kämmte sich mit Hilfe der Zofe das Haar; ich saß mitten im Zimmer auf dem Boden, ich weiß nicht mehr, was ich da tat. Ich weiß auch nicht, ob mein Kindermädchen Elvira – aus Siena – dabeiwar; ich glaube, sie war nicht dabei.

Auf einmal hören wir hastige Schritte die kleine Innentreppe heraufkommen – sie verband die Räume meines Vaters, die im Zwischenstock genau unter uns lagen, mit denen meiner Mutter –, mein Vater tritt ein, ohne zu klopfen, und sagt aufgeregt ein paar Worte. Ich erinnere mich sehr genau an den Ton, in dem er sie sagte, aber nicht an die einzelnen Worte und auch nicht an ihren Sinn.

Ich ›sehe‹ aber noch die Wirkung, die sie hervorbrachten; meine Mutter ließ die silberne Bürste mit dem langen Griff fallen, die sie in der Hand hielt, Teresa sagte: ›*bon signour*‹, und alle im Zimmer waren bestürzt.

Mein Vater war heraufgekommen, um uns die Ermordung von König Umberto mitzuteilen; es war in Monza geschehen, am Abend vorher, dem 29. Juli 1900.

Ich wiederhole: ich ›sehe‹ die Licht- und Schattenstreifen vom Balkon her noch heute vor mir, ich

›höre‹ die erregte Stimme meines Vaters, das Geräusch der Bürste, als sie auf das Glas des Toilettentisches fällt, die piemonteser Anrufung des ›Herrn im Himmel‹ der guten Teresa; ich ›empfinde wieder‹ das Gefühl von Schrecken, das uns erfaßte, aber das alles blieb für mich persönlich von der Nachricht vom Tode des Königs getrennt. Später wurde mir die geschichtliche Bedeutung erläutert, und so erklärt es sich, daß die Szene in meinem Gedächtnis haftengeblieben ist. Eine andere Erinnerung, die ich gut in jeder Einzelheit beschreiben kann, ist die an das Erdbeben von Messina am 28. Dezember 1908. Den Stoß merkte man in Palermo sehr wohl, aber ich entsinne mich seiner nicht; ich glaube, daß er meinen Schlaf nicht unterbrach. Ich sehe jedoch deutlich die hohe englische Pendeluhr meines Großvaters, die damals im großen Eingangssaal stand: sie war in der Schicksalsstunde um fünf Uhr zwanzig stehengeblieben; und ich höre noch, wie einer meiner Onkel – ich glaube Ferdinando, der in die Uhrmacherkunst ganz vernarrt war – mir erklärte, sie sei bei dem Erdbeben der vorigen Nacht stehengeblieben. Am Abend gegen siebeneinhalb Uhr, auch daran erinnere ich mich, befand ich mich im Eßraum meiner Großeltern – ich war dort oft während ihrer Abendmahlzeit, weil sie früher aßen als ich –, als einer meiner Onkel, wahrscheinlich derselbe Ferdinando, mit der Abendzeitung eintrat: sie meldete ›schwere Schäden und etliche Opfer in Messina bei dem Erdbeben von heute morgen‹.

Diese Erinnerung ist visuell weniger lebhaft als die erste, aber sie ist vom Blickpunkt des ›Geschehnisses‹ aus sehr viel genauer.

Einige Tage danach traf aus Messina mein Vetter ein, der beim Erdbeben Vater und Mutter verloren hatte. Er wohnte bei meinen Vettern Piccolo, und ich weiß noch, wie ich ihn an einem bleichen, regnerischen Wintertag besuchte. Ich sehe auch den Schmerz meiner Mutter vor mir, als etliche Tage danach die Nachricht eintraf, daß man die Leichen ihrer Schwester Lina und ihres Schwagers gefunden hatte. Meine Mutter saß schluchzend im grünen Salon in einem großen Sessel, in den sich sonst nie jemand setzte, sie trug ihr kurzes Mäntelchen aus geflammtem Astrachan. Große Militärwagen fuhren durch die Straßen, um für die Flüchtlinge Kleidung und Decken zu sammeln; einer kam auch durch die Via Lampedusa, und ich mußte von einem Balkon unseres Hauses aus einem Soldaten, der auf dem Wagen fast in gleicher Höhe wie der Balkon stand, Wolldecken reichen. Es war ein Artillerist mit der blauen, mit orangefarbenen Litzen verzierten

Mütze; ich sehe noch das rötliche Gesicht und höre, wie er mit kontinentalem Akzent sagt: »*grazzie*, mein Junge.« Ich erinnere mich auch, wie man erzählte, daß sich die Flüchtlinge, die überall, selbst in den Logen der Theater, untergebracht waren, untereinander ›auf eine sehr ungehörige Art‹ aufführten, und wie mein Vater lächelnd sagte: »Sie haben den Wunsch, die Toten zu ersetzen« – eine Anspielung, die ich sehr wohl verstand.

Noch ein weiterer Tag haftet fest in meinem Gedächtnis: ich kann das Datum nicht genau bestimmen, er lag jedoch weit vor dem Erdbeben von Messina, ich glaube eher, es war bald nach dem Tode des Königs Umberto. Wir waren Gäste der Florio in ihrer Villa in Favignana, im Hochsommer. Ich erinnere mich, daß mich das Kindermädchen Elvira früher weckte als sonst, gegen sieben Uhr, daß sie mir rasch mit einem Schwamm voll frischem Wasser über das Gesicht fuhr und mich dann mit großer Sorgfalt ankleidete. Ich wurde durch eine kleine Seitentür in den Garten hinuntergeschleppt und mußte von da über eine Treppe von sechs, sieben Stufen in die große offene Veranda hinaufsteigen, die nach dem Meer zu lag. Ich weiß noch, wie mich die Sonne an diesem Juli- oder Augustmorgen blendete. Die Veranda war vor der Sonne durch große, orangefarbene Planen geschützt, die der Seewind blähte und wie Segel auf und ab schlug – ich höre noch, wie sie knatterten; hier saßen auf Rohrsesseln meine Mutter, die Signora Florio und andere Personen. In der Mitte der Gruppe saß eine sehr alte Dame, ziemlich gebeugt, mit einer Hakennase, in Witwenschleier gehüllt, die im Winde wild hin- und herwehten. Dorthin brachte man mich, ich stand vor ihr, sie sagte einige Worte, die ich nicht verstand, beugte sich noch mehr nieder und gab mir einen Kuß auf die Stirn – ich muß also sehr klein gewesen sein, wenn eine sitzende Signora sich noch bücken mußte, um mich zu küssen. Danach wurde ich wieder fortgeschleppt und in mein Zimmer gebracht; man zog mir die Festkleider aus und bescheidenere an und führte mich an den Strand, wo die Jungen Florio und andere schon waren. Wir badeten alle zusammen und blieben dann lange unter der glühendheißen Sonne, um unser Lieblingsspiel zu spielen: im Sand nach kleinen Stücken tiefroter Korallen zu suchen, die hier einigermaßen häufig zu finden waren.

Am Nachmittag wurde mir eröffnet, daß die alte Signora die frühere Kaiserin der Franzosen gewesen war, Eugénie, deren Yacht vor Favignana ankerte; sie war am Abend zuvor bei den Florio zu Tisch gewesen – wovon ich natürlich nichts wußte – und hatte am Morgen einen Abschiedsbesuch gemacht, um sieben Uhr – eine kaiserliche Unbekümmertheit, die meiner Mutter und der Signora Florio eine wahre Qual bereitete. Ihr also wurden die Sprößlinge vorgeführt.

In diesen Tagen – Mitte Juni 1955 – habe ich *Henri Brulard* wiedergelesen, ein Buch von Stendhal. Seit dem nun schon fernen Jahre 1922 hatte ich es nicht mehr in der Hand gehabt; wie man sieht, war ich damals noch besessen vom ausgesprochen Schönen und vom ›Interesse am Sujet‹, und ich entsinne mich, daß mir das Buch nicht gefiel.
Jetzt kann ich denen, die es gewissermaßen als Stendhals Meisterwerk bezeichnen, nicht unrecht geben; es lebt darin Unmittelbarkeit der Empfindung, Aufrichtigkeit, eine bewundernswerte Bemühung, die aufeinanderliegenden Schichten von Erinnerungen abzutragen, um auf den Grund zu gelangen. Und was für ein klarer Stil! Was für eine Fülle von Ausdrükken, die um so wertvoller sind, je allgemeiner sie gelten.

Ich möchte versuchen, dasselbe zu tun. Es erscheint mir geradezu als eine Verpflichtung. Für den, dessen Leben sich dem Ende zuneigt, ist es ein Gebot, der Empfindungen, die durch diesen seinen Organismus gegangen sind, so viel ihm möglich ist zu sammeln. Nur wenigen wird es gelingen, auf diese Art ein Meisterwerk zu schaffen – Rousseau, Stendhal, Proust –, aber alle müßten solcherart etwas aufbewahren können, was ohne diese leichte Anstrengung für immer verlorengehen würde. Ein Tagebuch führen oder in einem bestimmten Alter seine Erinnerungen schreiben, müßte ›von Staats wegen verordnet‹ sein: der Stoff, der sich nach drei, vier Generationen aufgehäuft hätte, würde einen unschätzbaren Wert darstellen: viele psychologische und historische Probleme, die die Menschheit peinigen, würden sich lösen. Es gibt keine Erinnerungen, mögen sie auch von unbedeutenden Persönlichkeiten geschrieben sein, die nicht gesellschaftliche und geradezu malerische Werte ersten Ranges enthielten.

Das außergewöhnliche Interesse an den Romanen Defoes beruht auf der Tatsache, daß sie sozusagen Tagebücher sind, genial, wiewohl nicht authentisch. Man überlege einmal, wie erst echte aussehen würden! Man stelle sich etwa das Tagebuch einer Pariser Kupplerin der Régence vor, oder Erinnerungen von Byrons

Kammerdiener während der Zeit in Venedig! Was würde wohl alles darin stehen...

Was die ›Qualität‹ der Erinnerung anlangt, stimme ich jedoch mit Stendhal nicht überein. Er stellt seine Kindheit als eine Zeit hin, in der er Tyrannei und Gewalttätigkeit zu dulden hatte. Für mich ist die Kindheit ein verlorenes Paradies. Alle waren gut zu mir, ich war der König des Hauses. Auch Persönlichkeiten, die sich später feindlich zu mir stellten, waren mir damals noch freundlich gesinnt.

Daher möge sich der Leser – es wird keinen geben – darauf gefaßt machen, daß er in einem ›Irdischen Paradies‹, einem verlorenen, umhergeführt wird. Wenn er sich langweilt, so macht mir das nichts aus.

Zweites Kapitel

Das Haus Lampedusa

Ein solches Paradies war vor allem unser Haus. Ich liebte es mit vollkommener Hingabe und liebe es noch jetzt, da es seit zwölf Jahren nur mehr eine Erinnerung ist. Bis wenige Monate vor seiner Zerstörung schlief ich in dem Zimmer, in dem ich geboren wurde, vier Meter von der Stelle entfernt, wo das Bett meiner Mutter während der Geburtswehen stand. Und es war mir eine angenehme Vorstellung, daß ich gewiß einmal in diesem Haus, vielleicht im selben Zimmer sterben würde. Alle anderen Häuser, in denen ich lebte – übrigens nur wenige, abgesehen von den Hotels –, waren Dächer, die dazu dienten, mich vor Regen und Sonne zu schützen, aber nicht Häuser im archaischen, verehrungswürdigen Sinn des Wortes.

Es wird daher sehr schmerzlich für mich sein, dieses geliebte, entschwundene Haus wieder heraufzubeschwören, wie es bis zum Jahre 1929 in seiner Unversehrtheit und Schönheit, und nach allem weiter bis zum 5. April 1943 war: dem Tag, an dem die von jenseits des Atlantik herbeigeschleppten Bomben es suchten und zerstörten.

Die erste Empfindung, die mir in den Sinn kommt, ist die seiner Geräumigkeit; und diese Empfindung rührt bei mir nicht davon her, daß uns in der Kindheit alles, was uns umgibt, größer erscheint, sondern das Haus war wirklich sehr geräumig. Als ich seine Grundfläche überblickte – damals, als sie mit abscheulichen Trümmern bedeckt war –, betrugen seine Maße 1600 qm. Es war nur von uns bewohnt: in dem einen Flügel wohnten wir, in einem anderen meine Großeltern väterlicherseits, im zweiten Stock meine Onkel, die Junggesellen waren; und so verfügte ich darüber ganz und gar zwanzig Jahre hindurch: über seine drei Höfe, seine vier Terrassen, seinen Garten, über seine ungeheuren Treppen, seine Gänge und Vorsäle, seine Stallungen, über die kleinen Zwischengeschosse für das Dienstpersonal und die Verwaltung – ein wahres Königreich für einen Knaben allein, ein Reich, manchmal leer, manchmal bevölkert von Gestalten, die alle freundlich waren.

Über keinen Punkt der Erde, dessen bin ich gewiß, hat sich je ein so heftig blauer Himmel gebreitet wie über unsere umschlossene Terrasse; nie hat die Sonne milderes Licht in Zimmer dringen lassen als durch die Spalten der Jalousien in den ›grünen Salon‹; nie haben feuchte Flecke außen auf Hofmauern Formen gezeigt, die die Phantasie mehr angeregt hätten als die an meinem Haus.

Alles an ihm ist mir lieb: die Asymmetrie seiner Mauern, die große Anzahl seiner Salons, der Stuck an den Decken, der schlechte Geruch der großelterlichen Küche, das Veilchenparfüm im Toilettenzimmer meiner Mutter, die drückende Luft der Stallungen, das gute Gefühl bei dem blanken Leder der Sattlerei, das Geheimnis bestimmter, nicht fertig eingerichteter Räume im obersten Stock, der ungeheuer große Raum der Remisen, in denen die Wagen verwahrt wurden; eine ganze Welt voll zarter Geheimnisse, stets neuer und immer junger Überraschungen.

Darüber war ich unumschränkter Herr; ich durchmaß immerzu die weiten Räume, wenn ich vom Hof über die große Treppe bis zu der auf dem Dach gelegenen Loggia hinaufstieg, von der aus man das Meer sah, den Monte Pellegrino und die ganze Stadt bis zur Porta Nuova und Monreale. Und da ich mit Hilfe von mancherlei Umwegen die bewohnten Zimmer zu vermeiden wußte, fühlte ich mich allein und als absoluter Herrscher; nur Freund Tom folgte mir oft, er lief höchst aufgeregt dicht hinter mir her, die rote Zunge hing ihm aus seiner lieben schwarzen Schnauze.

Das Haus – ich will es Haus nennen und nicht Palazzo, ein Name, der geschändet ist, seit man ihn jetzt den Massenwohngemeinschaften von fünfzehn Stockwerken beilegt – lag geradezu versteckt in einer der abgelegensten Straßen des alten Palermo, in der Via Lampedusa Nummer 17, eine mit schlimmen Vorbedeutungen beladene Zahl, die aber damals nur dazu diente, der Freude, die das Haus zu spenden wußte, einen Beigeschmack von möglicher Ungunst hinzuzufügen. Als dann die Stallungen in Warenlager umgewandelt waren, forderten wir, daß die Nummer geändert würde; es wurde 23 daraus, aber da ging es auch schon dem Ende zu: also hatte die Nummer 17 dem Hause doch Glück gebracht.

Die Straße war abgelegen, aber nicht besonders schmal, und gut gepflastert; auch nicht schmutzig, wie man glauben könnte, denn unserem Tor gegenüber erstreckte sich ebenso lang wie der unsere der alte Palazzo Pietrapersia, der im Erdgeschoß weder Geschäfte noch Wohnungen hatte und nur seine strenge, aber sorgsam ausgewogene Fassade zeigte, weiß und gelb, wie es sich gehört, unterbrochen durch viele, von riesigen Eisengittern geschützte Fenster, die ihr den würdevoll-traurigen Anblick eines Klosters oder Staatsgefängnisses verliehen. Als dann die Bomben krachten, wurden viele dieser schweren Eisengitter in unsere nach dieser Seite gelegenen Fenster geschleudert – mit welch heiterer Wirkung auf die alten Stuckdecken und Muranoleuchter, kann man sich vorstellen. Aber wenn die Via Lampedusa, wenigstens so weit unser Haus reichte, anständig war, so waren es die Zugangswege nicht ebenso: in der Via Bara all'Olivella drängten sich Elend und Verfall, und durch sie zu gehen, war eine traurige Angelegenheit. Es wurde etwas besser, als man die Via Roma quer hindurchlegte; aber auch dann blieb immer noch ein gutes Stück durch Schmutz und abscheuliche Zustände zurückzulegen.

Die Fassade des Hauses hatte nichts architektonisch Wertvolles: sie war weiß, und die Öffnungen hatten eine schwefelgelbe Umrahmung; kurz, es war der reinste sizilianische Stil des 17. und 18. Jahrhunderts. Das Haus erstreckte sich in der Via Lampedusa über etwa sechzig Meter und hatte an der Fassade neun große Balkone. Portale gab es zwei, fast an den Seiten des Hauses gelegen, und sie waren ungeheuer breit, wie man sie früher baute, damit die Wagen auch von schmalen Straßen aus im Innenhof wenden konnten. In der Tat wendeten dort ohne Schwierigkeit auch die Vierergespanne, die mein Vater mit Meisterschaft an den Galopp-Renntagen in der ›Favorita‹ führte.

Nachdem man das Portal, das man immer als Eingang benutzte, durchschritten hatte, war da, der Treppe gegenüber, eine Vorhalle mit Säulen aus dem schönen grauen Stein von Billiemi, die den darüberliegenden *tocchetto,* wieder einen Säulengang, trugen. Hier war der große, mit Kieseln gepflasterte Innenhof, den Reihen von Pflastersteinen unterteilten. Hinten begrenzten ihn drei große, auch wieder von Säulen aus Billiemi gestützte Bogen; diese trugen die Terrasse, die hier die beiden Flügel des Hauses verband.

Die große Treppe war sehr schön, ganz in grauem Billiemi, mit zwei Aufgängen, jeder zu fünfzehn Stufen, die Wände gelblich. Vor dem zweiten Aufgang war ein geräumiger, länglicher Absatz mit zwei Mahagonitüren, je eine jedem Aufgang gegenüber, mit flachen vergoldeten Balkönchen an der Stirnseite. Gleich über den ersten Stufen zum Treppeneingang, jedoch noch außen im Hof, hing die rote Schnur der Glocke, die der Pförtner läuten mußte, um die Dienerschaft zu benachrichtigen, daß die Herrschaften sich ›ins Haus zurückgezogen‹ hatten, oder daß Besuche gekommen waren. Die Zahl der Glokkenschläge – die Pförtner führten sie vorzüglich aus, sie erzielten, wie, weiß ich nicht, trockene, von einander getrennte Schläge ohne lästiges Gebimmel – unterlag einem strengen Protokoll: vier Schläge für meine Großmutter, die Fürstin, und zwei für ihre Besuche, drei für meine Mutter, die Herzogin, und einen für ihre Besuche. Es kamen jedoch schwierig zu entscheidende Fälle vor: etwa wenn manchmal meine Mutter, meine Großmutter und eine Freundin, die sie unterwegs mitgenommen hatten, im selben Wagen heimkehrten; dann wurde ein wahres Konzert von vier und drei und zwei Schlägen aufgeführt, das kein Ende nahm. Die männliche Herrschaft, mein Großvater und mein Vater, verließ das Haus und kehrte dorthin zurück, ohne daß man für sie eine Bimmelei veranstaltete.

Wenn man die zweite Treppenflucht hinaufgestiegen war, kam man in den weiten, lichterfüllten *tocchetto*, das ist ein Säulengang, in dem die Zwischenräume zwischen den Säulen zur erhöhten Behaglichkeit mit großen, undurchsichtigen, rhombusartigen Glasscheiben ausgefüllt sind. In diesem *tocchetto* gab es nur wenige Möbel, mächtige Gemälde von Vorfahren und links einen großen Tisch, auf den die eingegangenen Briefe gelegt wurden. Dort las ich einmal eine Karte, die aus Paris kam; sie war an den Onkel gerichtet, irgendein französisches Hürchen hatte darauf geschrieben: ›*Dis à ton ami qu'il est un mufle.*‹ Der angrenzende Saal war ein ungeheurer, mit weißen und grauen Marmorplatten belegter Raum; die drei Balkone gingen auf die Via Lampedusa. Zum großen Leidwesen meiner Eltern war dieser Saal vollständig im zeitgenössischen Stil erneuert worden, denn im Jahre 1848 war hier eine Bombe explodiert, hatte die schöne gemalte Decke zerstört und die Wandmalereien so beschädigt, daß sie nicht wiederherzustellen waren. Ich glaube, lange Zeit wuchs darin sogar ein schöner Feigenbaum. Der Saal wurde hergerichtet, als mein Großvater heiratete, also im Jahre 1866 oder 1867; er war ganz in weißem Stuck gehalten mit einem *lambris* – einer halbhohen Bekleidung – von grauem Marmor. In diesem großen Saal hielten sich die Diener auf und faulenzten hier auf ihren Sesseln, bereit, sich beim Klang der berühmten Glocke in den *tocchetto* zu stürzen.

Wenn man eine Türe durchschritten hatte, die mit grünem Stoff verhängt war, kam man ins Vorzimmer; es hatte über dem Balkon Sopraporten mit Bildern von Vorfahren und über seinen beiden Türen eine Drapierung von grauer Seide und weitere Gemälde. Der Blick drang von da in die Folge der Salons, die sich die Fassade entlang einer an den andern reihten. Für mich begann hier der Zauber des Lichtes, das in einer Stadt wie Palermo, wo die Sonne heftig strahlt, auch in schmalen Straßen voller Kraft und je nach der Zeit verschieden ist. Dieses Licht war manchmal vor den Balkonen durch seidene Vorhänge gemildert; wenn sie hin- und herschlugen, prallte es verstärkt auf irgendeine Vergoldung am Gesims, oder es wurde vom gelben Damast eines Sessels zurückgeworfen; bisweilen waren die Salons, zumal im Sommer, dunkel, aber durch die Jalousien drang das Licht von draußen dennoch herein, so daß man empfand, wie mächtig es war; oder es fiel, je nach der Stunde, ein Strahl so gerade und genau umgrenzt herein wie der vom Berge Sinai; dieser Strahl war mit Myriaden Staubkörnchen bevölkert, die die Farbe der Teppiche – sie waren in allen Salons einheitlich rubinrot – feuriger machten. Ein wahrer Zauber von Lichtern und Farben, der meine Seele auf immer gefangennahm. Bisweilen finde ich in einem alten Palazzo oder in einer Kirche diese Leuchtkraft des Lichtes wieder, und ich müßte dann vor Sehnsucht vergehen, wäre ich nicht bereit, mir mit irgendeinem *wicked joke* herauszuhelfen.

Nach dem Vorzimmer kam das Zimmer der *lambris*, so hieß es, weil es bis zur halben Höhe mit einer Täfelung von geschnitztem Nußbaumholz bekleidet war; dann folgte der sogenannte Speiseraum, dessen Wände mit einem orangefarbenen, geblümten Stoff bezogen waren, von dem Teile als Wandbekleidung im gegenwärtigen Zimmer meiner Frau noch am Leben sind. Links lag der große Ballsaal: die Böden waren aus Mosaik, die köstlichen in Gold und Gelb ausgeführten Schnörkel der Decken umrahmten mythologische Szenen: mit ländlicher Kraft und mächtig flatternden Gewändern tummelten sich hier alle Götter des Olymp.

Danach betrat man das wunderschöne *boudoir* meiner Mutter; seine Decke war ganz mit altem, bemaltem Stuck überzogen, Blüten und Zweige in lieblichkörperhaften Umrissen: wie eine Musik von Mozart.

Drittes Kapitel

Die Reise

Aber das Haus in Palermo hatte auch seine Anhängsel auf dem Lande, die seinen Zauber vervielfachten. Es waren vier: Santa Margherita Bélice, die Villa in Baghería, der Palazzo in Torretta und das Landhaus in Raitano. Es gab auch noch das Haus in Palma und das Kastell von Montechiaro, aber diese besuchte man nie.

Der Lieblingsaufenthalt war Santa Margherita; dort verbrachte man viele Monate, auch im Winter. Es war eines der schönsten Landhäuser, die ich je gesehen habe. Erbaut im Jahre 1680, war es gegen 1810 vom Fürsten Niccolò Filangeri di Cutò, dem Vater meines Urgroßvaters mütterlicherseits, vollständig erneuert worden, als sich Ferdinando IV. und Maria Carolina sehr lange hier aufhielten: sie waren damals gezwungen, in Sizilien zu residieren, weil in Neapel Murat regierte. Von da ab ist dann dieses Haus nicht mehr unbewohnt geblieben wie alle unsere anderen sizilianischen Häuser, sondern es wurde gepflegt, instandgesetzt und immer reicher ausgestattet. Schließlich nahm meine Großmutter Cutò dort fast ständig Wohnung; sie hatte bis zu ihrem zwanzigsten Jahr in Paris gelebt; trotzdem teilte sie die Abneigung der Sizilianer gegen das Landleben nicht. Diese Großmutter hatte Santa Margherita *up to date* gebracht, der Mode angepaßt, natürlich der des zweiten Empire, die jedoch nicht viel anders war als die Art von Komfort, die in Europa bis zum Jahre 1914 herrschte.

Der Zauber des Abenteuers, des nicht vollkommen Begreiflichen, der einen so großen Teil meiner Erinnerung an Santa Margherita ausmacht, begann mit der Reise dorthin. Sie war eine große Unternehmung, unbequem, für mich aber doch sehr reizvoll. Damals gab es noch keine Automobile; das einzige, das gegen das Jahr 1905 in Palermo umherfuhr, war das *électrique* der alten Signora Giovanna Florio. Ein Zug fuhr von der Stazione Lolli morgens um fünf Uhr zehn ab. Es hieß also um halb vier aufstehen. Man weckte mich zu dieser Stunde, was immmer unangenehm ist, für mich jedoch noch schrecklicher war, weil mir immer, wenn ich an Bauchweh litt, um diese Zeit

Rizinusöl verabreicht wurde. Diener und Köche waren schon am Tag zuvor abgereist.

Wir wurden in zwei geschlossene Landauer geladen; im ersten saßen mein Vater, meine Mutter, die Gouvernante und ich. Im zweiten die Zofe meiner Mutter, Teresa – oder war es Concettina? –, der Rechnungsführer, der die Ferien mit seiner Familie in Santa Margherita verbrachte, und Paolo, der Kammerdiener meines Vaters. Ich glaube, es folgte noch ein weiterer Wagen mit dem Gepäck und den Körben für die Mahlzeit.

Man reiste im allgemeinen Ende Juni. Auf den verlassenen Straßen begann es zu dämmern; über die Piazza Politeama und durch die Via Dante ging es zum Bahnhof. Dort drängte man sich in den Zug nach Trapani. Die Wagen waren damals ohne Gänge und also auch ohne Abort; als ich noch sehr klein war, wurde für mich ein Nachttopf aus einem grausigen, kastanienbraunen gebrannten Ton mitgenommen, der nur für die Reise gekauft worden war; bevor man am Bestimmungsort anlangte, warf man ihn aus dem Fenster. Der Kontrolleur übte seinen Dienst in der Weise aus, daß er sich außen am Wagen festhielt; plötzlich tauchten seine mit Litzen besetzte Mütze und seine schwarz behandschuhte Hand auf.

Während dieser Stunden durchfuhr man die schöne und entsetzlich traurige Landschaft des westlichen Sizilien: ich glaube, sie war damals noch genau so, wie die ›Tausend‹ sie bei der Landung vorfanden – Carini, Cinisi, Zucco, Partinico; danach folgte die Bahn der Meeresküste, die Gleise schienen auf den Sand aufgelegt; die schon glühende Sonne kochte uns in unserer Eisenschachtel, und an den Bahnhöfen war keinerlei Erfrischung zu erwarten. Dann fuhr der Zug ins Innere hinauf, zwischen steinige Berge und Felder, deren Getreide schon geerntet war; sie glänzten gelb wie Löwenmähnen. Um elf Uhr endlich kam man nach Castelvetrano, das damals längst nicht das kokette, strebsame Städtchen war, das es jetzt ist; es war ein kläglicher Ort: die Abzugsgräben offen, Schweine auf der Hauptstraße, Milliarden von Fliegen. Am Bahnhof, der schon seit sechs Stunden in der Hitze schmorte, erwarteten uns unsere zwei Landauer, an deren Fenstern gelbe Vorhänge angebracht worden waren.

Um elfeinhalb Uhr wurde aufgebrochen: bis Partanna, etwa eine Stunde, war die Straße eben und leicht, sie führte durch eine schöne, bebaute Landschaft, man sah die bekannten Dinge wieder, die beiden Majolika-Negerköpfe auf den Torpfeilern eines Landguts, das Eisenkreuz, das einen Mord in Erinnerung rief. Nach

Partanna trat ein neues Ereignis ein. Es erschienen drei berittene Carabinieri, ein Feldwebel und zwei Polizisten – sie hatten den Nacken mit einem kleinen weißen Tuch geschützt wie die Kavalleristen von Fattori: sie sollten uns bis nach Santa Margherita begleiten. Die Straße wurde jetzt bergig; rundum entfaltete sich die unermeßlich weite Landschaft des Sizilien der Lehnsgüter, trostlos, ohne einen Windhauch, erdrückt von der bleiernen Sonne. Man suchte einen Baum, um in seinem Schatten die Mahlzeit einzunehmen – es gab nichts als magere Ölbäume, die keinen Schutz vor der Sonne gewährten. Endlich war ein verlassenes Bauernhaus gefunden, halb verfallen, doch die Fenster sorglich geschlossen. In seinem Schatten stieg man aus und aß: zumeist Dinge, die viel Saft enthielten. Etwas abseits hielten auch die schon sonnverbrannten Carabinieri eine heitere Mahlzeit mit Brot, Fleisch, Kuchen und Wein, was man ihnen hinübergebracht hatte. Als sie fertig waren, näherte sich der Feldwebel, das gefüllte Glas in der Hand: »Auch im Namen meiner Leute danke ich Euern Exzellenzen.« Und er schüttete den Wein hinunter, der sicher vierzig Grad Wärme hatte.

Einer der Polizisten aber hatte sich nicht gesetzt, er patrouillierte vorsichtshalber rund um das Haus.

Man stieg wieder in die Wagen. Es war zwei Uhr, die wahrhaft grausame Stunde auf dem sommerlichen sizilianischen Land. Man fuhr im Schritt, denn nun begann der Abstieg zum Bélice. Alle waren verstummt; zwischen dem Hufgeklapper war nur die Stimme eines Carabiniere zu vernehmen, er trällerte: *La spagnola sa amar così.* Staubwolken erhoben sich. Dann überquerte man den Bélice; das war für Sizilien wirklich ein Fluß, der in seinem Kiesgrund sogar Wasser führte. Im Schritt begann jetzt der langandauernde Aufstieg; endlos folgte in der Kalklandschaft Windung auf Windung.

Es schien, als sollten sie überhaupt nicht mehr aufhören – aber sie nahmen doch ein Ende. Oben am Hang hielten die Pferde, sie dampften vom Schweiß; die Carabinieri stiegen ab, auch wir verließen die Wagen, um uns die Beine zu vertreten. Dann fuhr man im Trab weiter. Meine Mutter begann mir anzukündigen:

»Gib jetzt acht, bald siehst du links die Venaría.«

Und wirklich kam man über eine Brücke und bemerkte endlich ein wenig Grün, Röhricht und sogar eine Orangenpflanzung. Es waren die Dágari, der erste Besitz Cutò, auf den man traf. Und hinter den Dágari eine steile Höhe, bis zu deren Gipfel sich eine breite Zypressenallee hinaufzog, die zur Venaría führte: einem Jagdpavillon, der uns gehörte.

Wir waren nicht mehr fern von Santa Margherita; meine Mutter, die dieses Haus sehr liebte, konnte nicht mehr stillsitzen, sie beugte sich bald aus dem einen, bald aus dem anderen Wagenschlag. »Wir sind schon fast in Montevago.« »Wir sind zu Hause!« Wir fuhren in der Tat durch Montevago, den ersten Ort nach vier Stunden Weges, der wieder Leben zeigte. Aber was für ein Leben! Breite, verlassene Straßen, Häuser, die von Armut ebenso erdrückt waren wie von der unerbittlichen Sonne, keine lebende Seele, ein paar Schweine, ein paar armselige Katzen.

Aber nachdem Montevago durchfahren war, ging alles besser. Die Straße war gerade und eben, die Landschaft heiter. »Da ist das Landgut X!« »Da ist die ›Madonna delle Grazie‹ und ihre Zypressen!« Meine Mutter grüßte freudig sogar den Friedhof. Dann die Madonna von Trapani. »Wir sind da, hier ist die Brücke.«

Es war fünf Uhr abends. Wir reisten seit zwölf Stunden. Auf der Brücke hatte sich die Musikkapelle aufgestellt und stimmte mit Schwung eine Polka an. Wir – mehr tot als lebendig, die Brauen weiß vom Staub, die Kehle ausgedörrt – zwangen uns, zu lächeln und zu danken. Noch eine kurze Fahrt durch die Straßen, dann kam man auf die Piazza, erblickte die gefälligen Umrisse des Hauses, fuhr in das Portal: erster Hof, Torgang, zweiter Hof. Man war am Ziel: am Fuß der Außentreppe das Grüppchen der zum Haus gehörenden Dienerschaft, an ihrer Spitze der ausgezeichnete Verwalter, klein unter dem gewaltigen weißen Bart, neben ihm seine gewichtige Frau: »Willkommen!« »Wie freuen wir uns, daß wir dasind!« Oben in einem Salon hatte der Verwalter Zitronen-Eiswasser vorbereiten lassen, abscheulich, aber es war trotzdem eine Wohltat. Ich wurde von Anna in mein Zimmer geschleppt und trotz meines Sträubens in ein lauwarmes Bad gesteckt, das der untadelige Verwalter rührenderweise hatte bereiten lassen, während meine unglücklichen Eltern der Woge von Bekannten standhielten, die nach und nach eintrafen.

Viertes Kapitel

Das Haus

Es lag in der Mitte des Ortes, also an der schattigen Piazza, und hatte eine ungeheure Ausdehnung: es umfaßte etwa hundert große und kleine Zimmer. Es machte den Eindruck eines in sich geschlossenen, sich selbst genügenden Komplexes – sozusagen eine Art Vatikan; es enthielt Repräsentationsräume, Wohnräume, Quartiere für dreißig Gäste, Zimmer für Dienerschaft, drei riesige Höfe, Stallungen und Remisen, ein privates Theater und eine private Kirche, einen weit ausgedehnten wunderschönen Garten und ein großes Stück Gemüse- und Obstland.

Und was für Zimmer! Der Fürst Niccolò hatte den – in seiner Zeit wohl einzigartigen – guten Geschmack gehabt, die Salons aus dem 18. Jahrhundert unangetastet zu lassen. In der langen Reihe von Räumen war jede Tür mit phantasievoll verzierten Rahmen aus grauem, schwarzem oder rotem Marmor eingefaßt, die mit ihren höchst harmonischen Asymmetrien, sooft man von einem Salon in den andern ging, eine lustige Fanfare bliesen. Vom zweiten Hof führte eine weite, mit einer Balustrade aus grünem Marmor versehene Treppe in nur einer Flucht zur Terrasse, auf der sich die große Eingangstür auftat, überragt von dem schellenbesetzten Kreuz.

Wenn man diese Tür durchschritten hatte, trat man in das riesige Vorzimmer; es war voller Gemälde, die in zwei Reihen übereinander hingen. Sie stellten die Filangeri dar, vom Jahre 1080 an bis zum Vater meiner Großmutter, alles Figuren in Lebensgröße in der verschiedensten Kleidung, von der des Kreuzfahrers bis zur Uniform eines Kammerherrn von Ferdinando II. – es waren äußerst mittelmäßig gemalte Bilder, aber sie erfüllten doch das endlos große Zimmer mit einer lebendigen, familienhaft vertrauten Gegenwart. Unter einem jeden waren in weißen Buchstaben auf schwarzem Grund Namen, Titel und die Ereignisse des jeweiligen Lebens aufgezeichnet. ›Riccardo, verteidigte Antiochia gegen die Ungläubigen‹, ›Raimondo, verwundet bei der Verteidigung von Acri‹; ein anderer Riccardo war der ›Hauptanstifter der sizilianischen Erhebung‹, das heißt der Sizilianischen Vesper; Niccolò I. ›führte zwei Husarenregimenter gegen die gallischen Horden im Jahre 1796‹.

In den vier Ecken vier Bronzestatuen, bewaffnete Krieger, ein Zugeständnis an den Geschmack der Zeit: sie trugen in beträchtlicher Höhe eine einfache Petroleumlampe. An der Decke segnete Jupiter, in eine purpurne Wolke gehüllt, Aruggerio, der sich anschickte, von der heimischen Normandie nach Sizilien abzusegeln; Tritonen und Seejungfern tanzten wie toll um die Galeeren, die im Begriff waren, in See zu stechen – in ein perlmutterfarbenes Meer.

Nachdem man jedoch über dieses stolze Vorspiel hinaus war, wurde das Haus ganz Anmut und schmeichelnde Schöne, oder eher: sein Stolz hüllte sich in Weichheit, wie der eines Aristokraten in Höflichkeit. Da war die Bibliothek, die Bücher in Schränken im geschmackvollen Stil des sizilianischen 18. Jahrhunderts, des sogenannten *Stile di Badia,* dem blütenbemalten venezianischen ähnlich, aber kräftiger, weniger gezuckert. Fast alle Werke der Aufklärung waren vertreten in ihren rötlichbraunen vergoldeten Einbänden: die *Encyclopédie,* Fontenelle, Helvetius, Voltaire in der großen Ausgabe von Kehl – was hat wohl Maria Carolina davon gedacht, falls sie ihn las? Dann die *Victoires et conquêtes,* eine Sammlung von Napoleonischen Tages- und Kriegsberichten, die mein Entzücken waren, wenn ich sie an den langen, stillen Sommernachmittagen las, bäuchlings auf einen dieser übergroßen *poufs,* der Rundsofas, hingestreckt, die die Mitte des Ballsaals einnahmen. Kurz, eine wunderliche Bibliothek, wenn man bedenkt, daß sie von dem reaktionären Fürsten Niccolò zusammengetragen worden war. Es fanden sich hier auch, gesammelt und gebunden, die satirischen Journale des Risorgimento, *Fischietto* und *Lo Spirito Folletto,* einige sehr schöne Ausgaben vom Don Quijote, La Fontaine, die wertvolle Geschichte Napoleons mit den liebenswürdigen

Illustrationen von Norvins; dieses Buch besitze ich noch jetzt. Von den Neueren waren hier die vollständigen, oder fast vollständigen Werke von Zola – ihre gelben Buchdeckel nahmen sich in dieser *mellow*-Umwelt ziemlich unverschämt aus – und wenige andere Romane minderen Ranges; aber auch die *Malavoglia* mit einer handschriftlichen Widmung von Verga selbst. Ich weiß nicht, ob ich bis jetzt eine Anschauung davon habe geben können, daß ich ein Knabe war, der gern allein war, der lieber mit den Dingen lebte als mit den Menschen. So wird man sich leicht vorzustellen vermögen, wie das Leben in Santa Margherita für mich das Ideal bedeutete. In der schön ausgestatteten Weite des Hauses ging ich umher wie in einem Zauberwald. Ein Wald ohne darin verborgene Drachen; voll heiterer Wunder sogar in den fröhlichen Namen der Zimmer: das der ›kleinen Vögel‹, mit einer weißen, ganz leicht gefältelten Rohseide bespannt, auf der zwischen zahllosen Gewinden von blühenden Zweigen eben jene vielfarbigen, handgemalten Vögelchen glänzten; das ›Zimmer der Seidenäffchen‹, wo in den tropischen Bäumen höchst behaarte, boshafte Affen saßen; die ›Zimmer von Ferdinando‹, die in mir immer die Vorstellung meines blonden, lachenden Onkels heraufbeschworen: aber sie hatten diesen Namen bewahrt, weil sie dem zwar zum Lachen aufgelegten, aber grausamen ›König Nase‹ als Privaträume gedient hatten – das bewies übrigens auch das übertrieben große Empire-*lit-bateau,* dessen Matratze mit einem bestimmten marokkanischen Ziegenleder bezogen war, wie man es offenbar für königliche Betten gebrauchte: ein grünes Leder, dem ganz dicht die dreigeteilten, goldenen Bourbonenlilien aufgeprägt waren; es sah aus wie ein riesiges Buch. Die Wände waren mit Seide in einem helleren Grün ausgeschlagen, mit senkrechten schmalen Streifen, abwechselnd einem blanken und einem matten, genau wie die im grünen Salon unseres Hauses in Palermo. Weiter der ›Saal der Wandbekleidungen‹, der einzige, mit dem sich später eine etwas düstere Vorstellung verband: in ihm waren acht große *succhi d'erbe,* mit Pflanzenfarben gemalte Bilder über Szenen aus der *Gerusalemme Liberata.* Auf einem von ihnen, das den Zweikampf zu Pferde zwischen Tancredi und Argante darstellte, hatte eines der Pferde einen merkwürdig menschlichen Blick; später sollte ich ihn mit dem *House of the Metzingersteins* von Poe verbinden. Dieser *succo d'erba* übrigens ist noch in meinem Besitz.

Am Abend war man immer, so sonderbar es klingt, im Ballsaal versammelt, dem Mittelraum im ersten

Stock; er sah mit acht Balkonen auf die Piazza und mit vieren auf den ersten Hof. Er erinnerte an den Ballsaal unseres Hauses in Palermo: auch in diesem Salon war das Gold die Dominante. Die Wandbekleidung jedoch war von einem zarten, feinen Grün, das fast vollständig mit handgestickten Blüten und Blättern aus Gold bedeckt war; und ganz aus mattem Zechinengold mit Dekorationen in einem leuchtenderen Gold waren die Holzsockel und die Türflügel, riesig wie Hausportale. Wenn man an Winterabenden – wir verbrachten tatsächlich zwei Winter in Santa Margherita, von dem sich meine Mutter nicht trennen wollte – vor dem mittleren Kamin saß, im Schein weniger Petroleumlampen, deren Licht neckisch ein paar Blüten der Wandbekleidung und ein paar Füllungen der geschlossenen Türen heraushob, konnte man meinen, man wäre in einen Feenschrein eingeschlossen. Von einem dieser Abende weiß ich das Datum genau, denn ich erinnere mich, daß die Zeitungen gebracht wurden, die den Fall von Port-Arthur meldeten.

Diese Abende waren übrigens nicht immer auf die Familie beschränkt, ja, sie waren es fast nie. Meine Mutter wollte die Tradition ihrer Eltern am Leben erhalten und mit den Hauptpersönlichkeiten des Ortes in freundlichen Beziehungen bleiben; viele von ihnen aßen abwechselnd bei uns, und zweimal in der Woche kamen alle zum Kartenspiel, dem ›Scopone‹, in eben diesem Ballsaal zusammen. Meine Mutter kannte alle seit ihrer eigenen Kindheit und war ihnen zugetan; mir erschienen sie – was sie vielleicht nicht waren – sämtlich als gute Menschen. Unter ihnen war ein Palermitaner, den seine höchst jämmerlichen wirtschaftlichen Verhältnisse gezwungen hatten, sich nach Santa Margherita zurückzuziehen, wo er ein winziges Haus und ein noch winzigeres Stück Land besaß. Er war ein großer Jäger und mit meinem Großvater mütterlicherseits sehr befreundet gewesen und erfreute sich einer besonders wohlwollenden Behandlung: ich glaube, er aß jeden Tag bei uns zu Mittag und war der einzige, der meine Mutter ›du‹ nannte, während sie ihn mit einem respektvollen ›Sie‹ anredete. Er war ein altes, dürres, sich sehr gerade haltendes Männchen mit hellblauen Augen und einem langen, weißen, herabfallenden Schnurrbart, wahrhaft vornehm und auch elegant in seiner abgenutzten, gutgeschnittenen Kleidung. Ich habe jetzt den Verdacht, daß er ein Bastard des Hauses Cutò war, einfacher ausgedrückt: ein Onkel meiner Mutter. Er spielte Klavier und erzählte Wunderdinge von den Jagden, die er mit meinem

Großvater in der ›Macchia‹, dem Buschwald, und in weit ausgedehnten Waldgebieten unternommen hatte, erzählte von dem außerordentlichen Spürsinn seiner Hündinnen – Diana und Furetta – und von Begegnungen mit den Räuberbanden von Leone und Capraro, die einem erst Angst einjagten, dann aber immer harmlos blieben. Er galt – als ›Haus- und Grundbesitzer‹ und dank seiner unverbesserlichen Munterkeit – als der große *viveur* des Ortes, weil er in jedem Jahr acht Wochen in Palermo zubrachte, in einem Hotel, das als *fast* galt.

Da war weiter ein altmodischer Beamter, der immerzu von Viterbo sprach – ›Sie verstehen, Herzogin, Viterbo ist beinahe Rom‹ –: dort war er ein paar Monate im Dienst gewesen. Da war YY mit dem großen geröteten Gesicht und dem Backenbart à la Franz Joseph, der mit einer närrischen Verwandten zusammenlebte – wenn man ein sizilianisches Dorf gut kennt, entdeckt man zahllose närrische Leute; da war der Schulmeister mit seinem Mosesbart; ein anderer, dicker Grundbesitzer, der wahre Typ des ›kleinen Ortstyrannen‹, stumpf und ungeschliffen; da war Giorgio di Giuseppe, der Intellektuelle der Gesellschaft – wenn man abends unter seinen Fenstern vorbeiging, hörte man die *Nocturnes* von Chopin, die er auf dem Klavier spielte; XY, ungeheuer fett und voll Geist; ein Ingenieur aus Catania mit einem schwarzen Spitzbart: er hatte in Paris studiert und sprach oft von der *rue Daru,* wo er unerhörte Abenteuer erlebt haben wollte; ein weiterer, sehr alter Mann, der fast ganz Bauer war; der junge Fefé, ein berühmter Esser, und auch sonst viele, die man seltener sah.

Man wird bemerken, daß nur die Männer zu uns kamen. Die Frauen, Töchter, Schwestern blieben zu Hause, teils weil Frauen in einem Dorf – es war in den Jahren 1905 bis 1914 – keine Besuche machten, teils weil ihre Männer, Väter, Brüder sie nicht dabeihaben wollten. Ihnen machten meine Mutter und mein Vater einmal, während wir in Santa Margherita waren, einen Besuch, und bei einer von ihnen, die für ihre Kochkünste berühmt war, aßen sie auch bisweilen zu Mittag. Manchmal schickte diese Frau – nach einem komplizierten System von Benachrichtigungen und Voranzeigen – durch einen Jungen, der in der blendenden Sonne im Galopp über die Piazza lief, eine ungeheure Terrine mit einem Berg von *Maccheroni di cito alla siciliana,* den ganz dicken, großlöcherigen Makkaroni mit kleingeschnittenem Fleisch, Auberginen und Basilikum – wie ich mich erinnere, geradezu ein ländliches Ur-Götter-Gericht. Der Junge hatte den ausdrücklichen Befehl, es auf die Tafel zu setzen, wenn wir schon am Tisch saßen; und bevor er wieder ging, richtete er uns noch aus: »*A signura raccumannu: u cascavaddu*«, »Die Signora empfiehlt, es nicht zu rasch hineinzuschlingen«, ein vielleicht weiser Rat, der jedoch nie befolgt wurde.

Die einzige Ausnahme bei diesem völligen Fehlen von Frauen war eine Signorina, die in einem Kloster erzogen worden war und sich ab und zu bei uns sehen ließ: ein hübsches Mädchen mit funkelndem Haar.

Diesen freundlichen Beziehungen zur Bevölkerung standen die gespannten Beziehungen zum Pfarrer gegenüber, obwohl das Haus Cutò das Patronatsrecht besaß; ebenso gab es, in Dingen der Verwaltung, Schwierigkeiten mit einem großen Landbesitzer. Auch er war ein galanter Mann; er hatte eine Zeitlang ein Dirnchen bei sich, das sich als Spanierin ausgab, Lolita; er hatte sie in einem Konzertcafé in – ausgerechnet – Agrigent aufgegabelt und fuhr mit ihr durch den Ort in einer von einem grauen Pony gezogenen *charette*. Eines Tages sah mein Vater, der gerade vor dem Portal stand, das Paar in seiner eleganten Equipage vorüberfahren und bemerkte mit dem untrüglichen Blick, den er für diese Dinge hatte, daß die Radscheibe ihre Nabe verloren hatte und das Rad im Begriffe stand, sich zu lösen. Obwohl er nun diese Menschen nicht ›kannte‹, und obwohl die Beziehungen gespannt waren, eilte er hinter der *charette* her und rief: »Cavaliere, geben Sie acht, das rechte Rad löst sich!« Der Cavaliere hielt, grüßte mit der Peitsche, sagte: »Danke, ich will daran denken«, und stieg nicht ab, sondern setzte die Fahrt fort. Nach zwanzig Metern machte sich das Rad tatsächlich selbständig, und der Cavaliere samt Lolita in ihrem rosa Chiffonkleid wurden unsanft auf die Erde gesetzt. Sie taten sich nicht weiter weh. Am nächsten Tage kauften sie vier Rebhühner und schickten sie mit einer Visitenkarte, ›für den nicht befolgten guten Rat zu danken‹. Aber dieser Versuch, wieder Fuß zu fassen, brachte keine Annäherung.

Fünftes Kapitel

Weiteres vom Haus

Wenn man die Stallungen und die Verwaltung rechts liegenließ, kam man zu zwei hohen Pfeilern aus einem porösen gelben Stein, die mit großen Satyrfratzen und Schnörkeln geschmückt waren: sie flankierten die Treppen, die in den Garten hinabführten.

Diese Treppen waren nur kurz – etwa zehn Stufen im ganzen –, aber innerhalb eines solchen Raumes hatte der barocke Architekt Mittel und Wege gefunden, einer geradezu teuflischen Laune freien Lauf zu lassen: hohe und niedere Stufen lösten einander ab, wobei die kleine Treppenflucht in der unerwartetsten Weise verzerrt wurde; überflüssige Absätze mit Nischen und Bänken waren geschaffen, so daß bei einer so geringen Höhe ein ganzes System von Möglichkeiten des Zusammen- und Auseinanderfließens entstand, herbes Widerstreben und herzliche Begegnungen, was alles der Treppe die Atmosphäre eines Streites unter Liebenden verlieh.

Der Garten war, wie viele in Sizilien, niedriger angelegt als das Haus, ich glaube, damit er eine Quelle nutzen konnte, die hier sprudelte. Er war sehr groß und, von einem der Fenster aus betrachtet, in seinen verschlungenen breiten und schmalen Wegen vollkommen regelmäßig. Er enthielt nur Steineichen und Araukarien, die breiten Wege waren mit Myrtenhecken eingefaßt, und wenn die Quelle in der ungestümen Hitze des Sommers schwächer floß, duftete es dort paradiesisch nach verdorrtem Majoran und Katzenminze wie in vielen Gärten Siziliens: sie scheinen mehr für die Freuden der Nase als für die des Auges dazusein.

Die lange Allee, die an allen vier Seiten entlangführte, war das einzige Gerade in dem ganzen Garten, denn für den übrigen Teil hatte der Architekt so wunderliche Einfälle gehabt, daß man annehmen mußte, es sei derselbe gewesen, dem auch die Treppe zu verdanken war: er hatte eine Unmenge von Biegungen, Mäandern und Gängen geschaffen und damit sein Teil dazu beigetragen, dem Garten den Charakter jenes anmutigen Geheimnisses zu verleihen, den das ganze Haus besaß. Alle diese Querwege mündeten jedoch schließlich auf den großen Platz in der Mitte, dort, wo die Quelle entdeckt worden war, die jetzt, in ein ausgeschmücktes Gefängnis eingeschlossen, mit ihren Strahlen den weiten Brunnen speiste; und im Brunnen selbst stand auf einem Inselchen von künstlichen Ruinen die Göttin des Überflusses, deutlich als solche zu erkennen und heiter geschürzt, und schüttete Wasserbäche in das tiefe, von freundlichen Wellen durchzitterte Becken. Um dieses zog sich eine Balustrade, auf der hier und da Tritonen und Nereiden standen, gemeißelt in einer Haltung, als wollten sie untertauchen; jede einzelne Statue zeigte gelöste Bewegungen, doch szenisch waren sie alle zusammengeschlossen. Um den ganzen großen Brunnenplatz standen von jahrhundertealtem Schimmel geschwärzte Steinbänke.

Der Garten bot einem Kind eine Unmenge Überraschungen. In einem Winkel war ein großes Gewächshaus voller Kaktuspflanzen und seltener Sträucher, das Reich des Obergärtners Nino, meines großen Freundes – auch er rothaarig wie viele Menschen in Santa Margherita, vielleicht unter dem Einfluß der normannischen Filangeri. Da gab es das Bambuswäldchen: die Pflanzen wuchsen kräftig um einen zweiten Brunnen herum; im Schatten dieses Wäldchens war der Spielplatz mit der Schaukel, von der Pietro Scalea, der spätere Kriegsminister, einmal heruntergefallen war – lange vor meiner Zeit – und sich den Arm gebrochen hatte. Da war in einer der Seitenalleen in die Mauer ein geräumiger Käfig eingefügt, der einst für Affen bestimmt war; in ihm schlossen wir, meine Kusine und ich, uns eines Tages ein, ausgerechnet an einem Sonntagmorgen, wo der Garten den Einwohnern des Ortes offenstand: sie blieben erstaunt und stumm stehen und betrachteten unsicher diese bekleideten Affen. Da stand weiter das ›Puppenhaus‹, das für die Spiele meiner Mutter und ihrer vier Schwestern errichtet worden war – aus roten Backsteinen, die Fenster mit der hellen *pietra serena*, dem Arendalit, umrahmt; jetzt war das Dach durchgebrochen, die Böden seiner Geschosse waren zusammengestürzt:

der einzige trostlose Winkel in dem großen Garten, den Nino früher bewundernswert in Ordnung hielt – jeder Baum war gut beschnitten, jede Allee mit gelbem Sand bestreut, jedes Stückchen Ufer am Wasser untadelig gepflegt.

Alle paar Wochen kam vom nahen Bélice ein Karren mit einem großen Faß voll Aale herauf, die in den Brunnen am Bambuswäldchen abgeladen wurden, der als Fischbehältnis diente; aus ihm ließ der Koch sie mit kleinen Netzen je nachdem, wie sie in der Küche gebraucht wurden, herausfischen.

Überall an den Ecken der Alleen standen Büsten unbestimmbarer Götter, denen in der Regel die Nase fehlte; und wie in jedem anständigen Garten Eden gab es – für mich – auch eine im Schatten verborgene Schlange in Form einiger Rizinussträucher, die übrigens mit ihren länglichen grünen, rot gesäumten Blättern wunderhübsch waren: sie bereiteten mir eines Tages die abscheuliche Überraschung, daß sich, als ich die Beeren einer schönen, scharlachroten kleinen Traube zerquetschte, der Geruch des Öles verbreitete, das in jenem glücklichen Alter der einzige wirkliche Schatten in meinem Leben war.

Ein Garten, wie gesagt, voll Überraschungen. Aber ganz Santa Margherita war so, voller lustig-hinterlistiger Fallen. Man öffnete auf einem Flur eine Tür und blickte in eine Folge von Zimmern, die in das Halbdunkel der nur angelehnten Läden getaucht waren: die Wände bedeckt mit französischen Drucken, die Bonapartes Feldzüge in Italien darstellten. Oben an der Treppe, die zum zweiten Stock führte, gab es eine Tür, die kaum zu sehen war, so schmal war sie, so sehr paßte sie sich der Mauer an: hinter ihr lag ein großer Raum mit sehr vielen alten Bildern, die die Wände bis oben bedeckten, wie es in den Drucken des *Salon* von Paris vom Jahre 1700 zu sehen ist. Übrigens ließ sich das Gemälde eines Vorfahren im Eingangssaal bewegen: dahinter trat man in die Jagdzimmer meines Großvaters, eines großen Jägers vor dem Herrn.

Die von Glaskästen umschlossenen Trophäen stammten nur von hier – Rebhühner, Waldschnepfen, die trübselig aussahen, und schwarze Wasserhühner vom Bélice; aber manches andere entzückte den heranwachsenden Knaben: der große Tisch mit den Waagen, die Pulvermaße, um die Kartuschen zu bereiten, die Glasschränke voll vielfarbener Büchsen, die bunten Stiche, die gefährlichere Abenteuer darstellten: ich sehe noch einen bärtigen, weißgekleideten Forscher vor mir, der schreiend vor einem auf ihn losstürmenden grünlichen

Rhinozeros flieht. An den Wänden hingen auch Drucke und Photographien von Bracken, Pointers und Setters; sie verbreiteten jenen ruhigen Reiz, den jeder empfindet, der einen Hund anblickt. Und in großen Gewehrrechen standen die Flinten, etikettiert mit der Nummer, unter der sie in ein Verzeichnis eingetragen waren: in ihm notierte man die Schüsse, die damit abgegeben worden waren. Eine dieser Flinten, ich glaube, es war eine Damenflinte, denn sie hatte zwei reich in Damaszenerarbeit verzierte Läufe, benutzte ich, um im Garten die ersten und letzten Schüsse meines Jägerlebens abzugeben: einer der bärtigen Feldhüter brachte mich dazu, auf ein paar unschuldige Rotkehlchen zu schießen; unglücklicherweise fielen zwei von ihnen herunter, Blut in den warmen grauen Federchen; da sie noch zuckten, zerdrückte der Feldhüter ihren Kopf zwischen den Fingern.

Trotz meiner Lektüren von *Victoires et Conquêtes* und *L'épée de l'intrépide général rougie du sang des ennemis de l'Empire* verursachte mir diese Szene Entsetzen; Blut mochte ich, wie man sieht, nur, wenn es in Druckerschwärze verwandelt war. Ich ging schnurstracks zu meinem Vater, dessen Befehl dieser bethlehemitische Kindermord zu verdanken war, und sagte ihm, ich würde nie mehr auf irgend etwas schießen.

Zehn Jahre danach mußte ich mit meiner Pistole einen Bosniaken töten, und wer weiß wie viele andere Christenmenschen mit Kanonenschüssen. Aber sie hinterließen nicht ein Zehntel des Eindrucks, den mir jene beiden armen Rotkehlchen gemacht hatten.

Ich ließ an meiner beschmierten Hand den sehr geliebten Pudel Tom schnuppern, der mir folgte, und ich sehe noch vor mir, wie er äußerst höflich, aber vorwurfsvoll die Hälfte seiner schwarzen Lippe hob – bei guterzogenen Hunden eine Art, ihr Mißfallen kundzutun, ohne den Herrn zu beleidigen.

Es gab weiter den ›Wagenraum‹, groß und dunkel, in dem zwei riesige Wagen aus dem 18. Jahrhundert standen, ein Galawagen, der nur aus Vergoldungen und Glas bestand: an seine Türen waren auf gelbem Grund Schäferszenen in *vernis Martin* gemalt; die Sitze – sie boten Platz für mindestens sechs Personen – waren von einem nun verblichenen Taft. Der andere, ein Reisewagen, war olivgrün mit vergoldeten Fadenverzierungen und dem Wappen an den Türen. Unter den Sitzen waren gepolsterte, wahrscheinlich für den Reiseproviant bestimmte Behältnisse; jetzt befand sich darin nur noch eine einsame Silberplatte.

Dann gab es die ›Puppenküche‹ mit einem Herd *en miniature* und einer dementsprechenden Kücheneinrichtung; meine Großmutter hatte alles dies einrichten lassen in der – leider enttäuschten – Erwartung, daß die Töchter Lust bekämen, kochen zu lernen.

Und weiter gab es die Kirche und das Theater, wohin ganz märchenhafte Gänge führten, aber davon erzähle ich später.

Zwischen soviel Pracht schlief ich in einem vollkommen schmucklosen Zimmer, das auf den Garten sah; es hieß das ›rosa Zimmer‹, denn es hatte einen rosa leuchtenden Stuck. Auf der einen Seite war das Toilettenzimmer mit einer sonderbaren ovalen Kupfer-Badewanne, die auf vier hohen Holzfüßen stand; ich erinnere mich an die Bäder, die ich hier in einem Wasser machen mußte, in dem Stärke oder in ein Säckchen eingenähte Kleie aufgelöst worden war: wenn sie naß wurde, ging eine duftende, milchige Flüssigkeit von ihr aus – *bains de son,* Kleiebäder, wie sie in Memoiren des Zweiten Kaiserreichs erwähnt werden; eine Gewohnheit, die von meiner Großmutter und meiner Mutter offenbar übernommen worden war.

In einem ganz gleichen dazugehörigen Zimmer schliefen nacheinander meine deutschen Gouvernanten und französischen Mademoiselles. Neben meinem Kopfkissen hing eine Art Kästchen aus weißem Holz, das hinter seiner Glaswand drei kleine Elfenbeinstatuen zeigte, die Heilige Familie, auf karmesinrotem Grund. Dieses Kästchen wurde wunderbarerweise gerettet und hängt jetzt am Kopfende des Bettes in dem Zimmer, in dem ich auf dem Landsitz meiner Vettern Piccolo und Capo d'Orlando zu schlafen pflege. Auf diesem Landsitz übrigens finde ich nicht nur die ›Heilige Familie‹ meiner Kindheit wieder, sondern eine zwar gewiß abgeschwächte, aber nicht zu übersehende Spur meiner Kinderzeit überhaupt; und darum gehe ich so gern dorthin.

Sechstes Kapitel

Die Kirche und das Theater

Des weiteren war da noch die Kirche; sie wurde später der Dom von Santa Margherita. Aber ich will zunächst von unserer Art Schule berichten.

Vom Wagenraum aus wandte man sich nach links, stieg eine kleine Treppe hinauf und befand sich nun in einem weiten Flur, der zuletzt in das Studierzimmer führte, eine Art Schulzimmer mit Bänken, Schiefertafeln und Relief-Landkarten, in dem meine Mutter und meine Tanten als kleine Mädchen gelernt hatten.

Hier in Santa Margherita brachte man auch mir – in dem nicht mehr ganz zarten Alter von acht Jahren – das Lesen bei. Vordem wurde mir vorgelesen: abwechselnd ›Biblische Geschichte‹ und eine Art Auszug aus Bibel und Evangelium am Dienstag, Donnerstag und Samstag; und am Montag, Mittwoch und Freitag – die klassische Mythologie. So habe ich eine ›gründliche‹ Kenntnis dieser beiden Disziplinen erlangt: ich bin noch heute imstande, zu sagen, wieviele und welche Brüder Joseph hatte, und finde mich ebenso in den verwickelten Familienzwisten der Atriden zurecht. Weiter sah sich meine Großmutter väterlicherseits, bevor ich lesen konnte, in ihrer Güte gezwungen, mir eine Stunde lang *La Regina dei Caraibi* von Sàlgari vorzulesen, und ich sehe sie noch vor mir, wie sie sich mühte, nicht einzuschlafen, während sie mit lauter Stimme von den tapferen Taten des Schwarzen Korsaren und den Aufschneidereien eines anderen las. Schließlich entschied man, daß diese stellvertretend vermittelte religiöse, klassische und Abenteuergeschichten-Bildung nicht mehr länger andauern dürfe, und beschloß, mich der Sorgfalt von Donna Carmela anzuvertrauen, einer Grundschullehrerin von Santa Margherita. Heute sind die Grundschullehrerinnen lebhafte, elegante junge Damen, die einem von pädagogischen Studien eines Pestalozzi und James sprechen und sich ›Professoressa‹ nennen lassen. Im Jahre 1905 war eine Grundschullehrerin in Sizilien ein altes Frauchen, mehr als zur Hälfte Bäuerin, den Kopf, auf dessen Nase eine große Brille saß, von einem schwarzen Schal umschlossen; aber sie wußte vollendet zu lehren, und in acht Wochen konnte ich lesen und schreiben und hatte keine Zweifel mehr über die doppelten Konsonanten und die betonten Silben. Während ganzer Wochen mußte ich in dem blauen Zimmer, das von meinem rosa Zimmer nur durch den Flur getrennt war, nach Silben gesprochene Diktate ausführen, das heißt Sil-ben-dik-ta-te, und Dutzende von Malen wiederholen: »di, do, da, fo, fa, fu, qui und qua bekommen nie einen Akzent.« Übrigens recht harmlose Mühen.

Als ich italienisch schreiben gelernt hatte, brachte meine Mutter mir bei, französisch zu schreiben. Ich sprach es bereits und war mehrmals in Paris und in Frankreich gewesen; aber lesen lernte ich es erst damals. Ich sehe noch, wie meine Mutter mit mir vor einem Schreibtisch saß und langsam und sehr deutlich schrieb ›le chien, le chat, le cheval‹, auf eine Zeile in einem Heft mit leuchtendblauem Umschlag, und wie sie mich lehrte, daß das französische ›ch‹ dasselbe ist wie – so sagte sie – das italienische ›sc‹ etwa bei ›scirocco‹ und ›Sciacca‹, letzteres ein Ort, den ich von Ausflügen kannte. Seit diesen ersten Leseübungen, bis zu der Zeit, da ich ins Gymnasium kam, verbrachte ich, wenn ich in Palermo war, alle Nachmittage bei meinen Großeltern väterlicherseits auf der Via Lampedusa: ich saß im Salon hinter einer Spanischen Wand und las. Um fünf Uhr ließ mich mein Großvater in seinen Arbeitsraum kommen, um mir die Vesper zu geben: ein Stück nicht mehr warmes Brot und ein großes Glas frisches Wasser – und das ist bis heute mein liebstes Getränk geblieben.

Rechts vom Wagenraum befand sich zwischen zwei weißen Konsolen eine große gelbe Tür. Durch sie gelangte man in ein kleines längliches Zimmer mit Sesseln und verschiedenen Tischchen, die mit vielen Abbildungen von Heiligen bedeckt waren; ich sehe noch eine große Tonschüssel vor mir, eine sogenannte Johannes-Schüssel, in ihrer Mitte der Kopf des enthaupteten Täufers in natürlicher Größe, unten das verkrustete Blut. Aus diesem Zimmer kam man auf die Empore, die sich etwa in der Höhe eines ersten Stockwerks unmittelbar über dem Hochaltar erhob;

sie hatte ein wunderschönes Eisengitter mit vergoldeten Blüten. Betbänke und Sessel standen da, es gab zahllose Rosenkränze, und von hier aus wohnten wir jeden Sonntag um elf Uhr der Singmesse bei – ohne übergroßen Eifer. Die Kirche selbst war, wie ich mich erinnere, groß und schön, im Empire-Stil, mit umfänglichen, häßlichen Fresken zwischen dem weißen Stuck der Decke, so wie sie in der Chiesa dell'Olivella in Palermo sind; sie ähnelte dieser Kirche, wenn auch ihre Abmessungen kleiner waren.

Wenn man von ebendiesem Wagenraum – er war, wie ich jetzt merke, eine Art *plaque tournante* der weniger bewohnten Teile des Hauses – nach rechts einbog, gelangte man in eine Reihe von Gängen, kleinen Kammern, schmalen Treppen, die ein wenig den Eindruck des Unentwirrbaren hervorriefen, wie ihn manche Träume haben. Schließlich kam man in den Zugang zum Theater. Es war dies ein ganz richtiges Theater mit zwei Reihen von je elf Logen, einer Galerie und natürlich dem Parkett. Der Saal, der mindestens dreihundert Personen faßte, war ganz in Weiß und Gold gehalten, Sessel und Logenwände hatten einen sehr hellen blauen Samt. Der Stil war Louis XVI, zurückhaltend und elegant. In der Mitte lag das Gegenstück zur königlichen Loge, also unsere Loge, überragt von einem riesigen Emblem aus vergoldetem Holz, welches das schellenbesetzte Kreuz auf der Brust des Doppeladlers trug. Und der später hinzugekommene Theatervorhang stellte die Verteidigung von Antiochia durch Riccardo Filangeri dar, die, wie Grousset behauptet, sehr viel weniger heldenhaft war, als sie der Maler dargestellt hatte.

Der Saal war mit vergoldeten Petroleumlampen erleuchtet, sie saßen auf Armen, die unter der ersten Logenreihe hervorkamen.

Dieses Theater hatte natürlich auch einen Zugang für das Publikum von der Piazza aus. Das Schöne an ihm war, daß es oft benutzt wurde.

Alle Augenblicke traf eine Komödiantentruppe ein; es waren armselige Kerle, die hauptsächlich im Sommer auf Karren von einem Ort zum andern zogen und überall zwei, drei Tage blieben, um Vorstellungen zu geben. In Santa Margherita jedoch, wo es ein richtiges Theater gab, blieben sie zwei, drei Wochen.

Um zehn Uhr morgens erschien der Direktor der Truppe in Rock und Zylinderhut und bat um die Erlaubnis, im Theater spielen zu dürfen; er wurde von meinem Vater oder, wenn dieser nicht dawar, von meiner Mutter empfangen, die ihm die Erlaubnis natürlich gab, auf einen Mietpreis verzichtete – vielmehr einen Scheinvertrag über fünfzig Centesimi für vierzehn Tage machte – und obendrein das Abonnement für unsere Loge bezahlte. Danach verabschiedete sich der Direktor, kehrte aber nach einer halben Stunde zurück, um sich Möbel auszuleihen. Diese Truppen reisten in der Tat nur mit ein paar Kulissen aus bemalter Leinwand, aber ohne Möbel für die Szene, die ein zu teures, unbequemes Gepäck gewesen wären. Die Möbel wurden ihnen zugestanden, und am Abend konnten wir auf der Bühne unsere Sessel, unsere Tischchen und Kleiderständer wiedererkennen – leider muß ich sagen, daß es nie die besten waren. Pünktlich im Augenblick der Abreise wurden sie zurückerstattet, bisweilen so schlimm lackiert, daß man die anderen Truppen bitten mußte, von diesem gutgemeinten Verfahren abzustehen. Einmal erschien auch die Hauptdarstellerin, eine gutmütige dicke, dreißigjährige Frau aus Ferrara, die am Abschiedsabend die Kameliendame spielen sollte; sie fand ihre Garderobe für einen solchen Abend nicht festlich genug und bat meine Mutter um Abendkleider; und so sah man dann die Kameliendame in einem sehr tief ausgeschnittenen nilgrünen Kleid mit Stickereien aus Silberpailletten.

Heute gibt es diese Komödiantentruppen, die auf dem Lande von Ort zu Ort reisten, nicht mehr, und das ist schade. Die Inszenierungen waren nur soso; die Schauspieler waren offenkundig schlecht; aber sie spielten mit Eifer und Feuer, und ihre Darbietung war bestimmt viel echter, als es die bleichen Schatten der Filme fünfter Güte sind, die jetzt an diesen Orten gezeigt werden.

Es war jeden Abend Vorstellung und das Repertoire äußerst umfassend: die ganze dramatische ›Produktion‹ des 19. Jahrhunderts ging über die Szene – Scribe, Rovetta, Sardou, Giacomelli und auch Torelli. Einmal wurde sogar Hamlet gegeben, ja, ich hörte ihn hier zum erstenmal. Und das Publikum, das zum Teil aus Bauern bestand, war aufmerksam und freigebig mit Applaus. In Santa Margherita wenigstens machten diese Truppen gute Geschäfte: das Theater umsonst, ebenso die Möbel, und ihre Pferde wurden in unseren Stallungen eingestellt und gefüttert.

Ich ging jeden Abend ins Theater, nur ein einziges Mal in der Saison nicht: an dem Abend, den man den ›schlimmen‹ nannte; an ihm spielte man irgendeine französische *pochade*, die für unanständig galt. Andertags kamen unsere Freunde aus dem Ort, um über diese ›liederliche‹ Aufführung zu berichten: sie waren im allgemeinen recht enttäuscht, weil sie sich schlimmere Unanständigkeiten erwartet hatten.

Ich vergnügte mich sehr, und meine Eltern ebenfalls. Den besseren Truppen wurde am Ende ihres Aufenthalts im Garten eine Art *garden-party* gegeben mit einem ländlichen, aber reichlichen Buffet, das die, wie ich fürchte, allzuoft leeren Mägen dieser ausgezeichneten, armseligen Komödianten erfreute.
Aber schon 1921, dem letzten Jahr, in dem ich lange in Santa Margherita gewesen bin, kamen keine Komödianten mehr, es wurden nur noch flimmernde Filme vorgeführt. Der Krieg hatte, außer allem sonst, auch das malerische Elend dieser umherreisenden Truppen zerstört, deren Auftreten mit einem künstlerischen Gewinn verbunden war. Ich habe den Eindruck, sie waren die Pflanzschule für viele der großen italienischen Schauspieler des 19. Jahrhunderts: unter ihnen die Duse.

Siebentes Kapitel

Die Ausflüge

Von den Ausflügen rund um Santa Margherita wählte man am häufigsten den nach Montevago, weil man da in der Ebene blieb, weil er gerade von der rechten Länge war – etwa drei Kilometer hin und drei zurück –, und weil er ein genau bestimmtes, wenn auch nicht besonders anziehendes Ziel hatte: Montevago eben.

Weiter gab es den Spaziergang nach der entgegengesetzten Seite, auf der Provinzialstraße nach Misilbesi; man kam an einer riesigen Schirmpinie vorüber und erreichte dann die Brücke über die Dragonara, die ganz unerwartet von einem dichten, wilden Grün umgeben war: es erinnerte mich an die Ariost-Szenen, wie ich sie damals in den Illustrationen von Doré sah. Wenn man in Misilbesi angelangt war – ein trostloser Knotenpunkt, gekennzeichnet von einem alten Haus, das aussah wie mit Pusteln überzogen, und von drei staubigen, öden Straßen, die eher in den Hades zu führen schienen als nach Sciacca oder Sambuca –, kehrte man gewöhnlich im Wagen zurück, weil die vorgeschriebenen sieben Kilometer schon weit überschritten waren.

Der Wagen war uns im Schritt gefolgt, wobei er alle Augenblicke anhielt, um uns nicht zu überholen, und uns dann wieder einholte, ohne sich zu beeilen, so daß, je nach den Windungen der Straße, Phasen der Stille und auch des Verschwindens mit solchen hufeklappernden Näherkommens wechselten.

Im Herbst hatten die Spaziergänge einen Weinberg

zum Ziel. Hier setzte man sich auf Steine und aß die sehr süßen, gefleckten Trauben – Trauben für Wein, denn im Jahre 1905 zog man bei uns fast nirgends Tafeltrauben –, und dann trat man in ein halbdunkles Zimmer, in dessen Hintergrund ein großer, kräftiger junger Bursche sich wie ein Verrückter in einem Faß hin- und herbewegte, wobei er mit den Füßen die Trauben preßte; ihr grünlicher Saft lief in eine kleine Holzrinne, während sich die Luft mit einem schweren Mostgeruch füllte.

›*Dance, and provincial noisy and sunburnt mirth.*‹ Nein, *mirth* nicht, in Sizilien gab es das nicht und gibt es das noch immer nicht, wenn gearbeitet wird; die Winzerinnen der Toscana, die Ritornelle singen, das von Festschmäusen, Liedern und Paarungen unterbrochene Getreidedreschen in Livland sind bei uns unbekannte Dinge; jede Arbeit ist *'n'a camurría*, eine gotteslästerliche Übertretung der unseren *lotoseaters* von den Göttern gewährten ewigen Ruhe.

An regnerischen Herbstnachmittagen führte der Spaziergang nur bis zur Villa Comunale. Diese lag am nördlichen Ende des Ortes auf einem Steilhang nach dem breiten Tal zu, das wohl die eigentliche Ost-West-Achse Siziliens ist und in jedem Fall eines der wenigen in die Augen fallenden geographischen Merkmale.

Die Villa Comunale war ein Geschenk meines Großvaters an die Gemeinde, und von einer grenzenlosen Melancholie: eine ziemlich breite, von jungen Zypressen und alten Steineichen gesäumte Allee mündete auf einen großen, kahlen Platz; wenn man hinaufkam, stand man vor einem Kapellchen der Madonna von Trapani; in der Mitte des Platzes war ein Beet mit verdorrten, gelben Canna-Stauden, zur Linken ein kioskartiges Tempelchen mit runder Kuppel: von hier aus konnte man die Rundsicht betrachten.

Es war der Mühe wert. Gegenüber erstreckte sich ein weiter Höhenzug niedriger Berge, völlig gelb, das Getreide war schon geerntet, die Stoppeln hier und da verbrannt, so daß schwarze Flecke entstanden waren, die wirklich den Eindruck eines ungeheuren, hingelagerten wilden Tieres erweckten. Auf der Flanke dieser Löwin oder Hyäne, je nachdem, mit was für Augen man sie betrachtete, erkannte man die Dörfer – mit einiger Mühe, weil sich der gelblichgraue Stein der Gebäude kaum vom Untergrund abhob: Poggioreale, Contessa, Salaparuta, Gibellina, Santa Ninfa, erdrückt vom Elend, von der Hundstagshitze und von der hereinbrechenden Dunkelheit, der auch nicht der kleinste Lampendocht entgegenwirkte.

Das Kapellchen am Ende des großen Platzes war der

Ort für die antiklerikalen Kundgebungen der heimischen Jura-Studenten, die damals in Santa Margherita ihre Ferien verbrachten. Oft las man, mit Bleistift geschrieben, die Strophen des Hymnus an Satan: *Salute, o Satana, o ribellione, o forza vindice della ragione.* Und als meine Mutter – die übrigens diesen Hymnus Carduccis auswendig konnte und ihn wohl nur aus ästhetischen Gründen nicht bewunderte – am nächsten Morgen den Gärtner Nino hinschickte, um mit einem Pinsel voll Kalkmilch über solche bescheiden gotteslästerlichen Verse zu fahren, las man zwei Tage danach andere: »Ich exkommuniziere dich, Priester«, »Prophet von Zorn und Trauer« und weitere Ausbrüche des guten Giosuè, die er dem Bürger Mastai glaubte schuldig zu sein.

Auf dem Steilhang unter dem Kloster S. Guido konnte man Kapern pflücken, was ich regelmäßig tat, selbst auf die Gefahr hin, mir den Hals zu brechen. Ich glaube, es gab dort auch Kanthariden, deren pulverisierte Köpfe ein so wirksames Aphrodisiakum sind; daß dort solche Käfer zu finden wären, nahm ich damals als gewiß an, aber von wem, wann und warum ich es habe sagen hören, bleibt ein Geheimnis. Jedenfalls habe ich Kanthariden, tot oder lebendig, ganz oder als Pulver, nie im Leben gesehen.

Dies waren die alltäglichen, recht harmlosen Spaziergänge. Es gab aber auch längere und schwierigere Ausflüge.

Der Ausflug *par excellence* war der nach Venaría, dem kleinen Jagdpavillon, der auf einer Anhöhe etwas vor Montevago lag. Es war dies ein Ausflug, den man mehrmals während unseres Aufenthalts in Santa Margherita, und immer in Gesellschaft der aus dem Ort hierzu geladenen Gäste unternahm; diese Gewohnheit entbehrte nicht einer gewissen Komik. Es wurde beschlossen: ›Am nächsten Sonntag Mittagessen in Venaría.‹ Am Morgen gegen zehn Uhr setzte man sich in Bewegung, die Damen im Wagen, die Herren auf Eseln. Obwohl alle, oder fast alle, Pferde oder wenigstens Maulesel besaßen, war der Esel Tradition; dagegen empörte sich nur mein Vater. Er hatte eine Möglichkeit gefunden, die Schwierigkeit zu umgehen: er erklärte, er sei der einzige, der imstande sei, auf diesen Straßen den *dog-cart* zu fahren, in dem die Damen saßen; in den unter dem Bock verborgenen Käfigen für die Hunde waren jetzt Flaschen und Backwerk für die Mahlzeit der Gäste verwahrt.

Unter Gelächter und Witzworten schlug die Gesellschaft den Weg nach Montevago ein. In der Mitte der Staub aufwirbelnden Gruppe fuhr der *dog-cart*, in dem meine Mutter, Anna – oder welche Mademoiselle es sonst war – und einige andere sich mit grauen Schleiern von fast muselmanischer Dichte vor dem Staub zu schützen suchten; um sie herum liefen im Bogengang die Esel – vielmehr *i sciucche,* denn im Sizilianischen ist der Esel fast immer weiblich, wie im Englischen die Schiffe. Manchmal fiel wirklich jemand vom Tier, es gab richtigen Aufruhr unter den Eseln, oder es tat jemand nur so, als fiele er – aus Liebe zum malerischen Effekt. Man durchquerte Montevago, wobei man die laute Empörung aller Dorfhunde wachrief, man kam zur Brücke der Dágari, dann ging es in das dahinterliegende Gelände hinunter und schließlich drüben die steile Höhe hinan.

Die Allee war in der Tat prächtig: etwa dreihundert Meter zog sie sich ganz gerade zum Gipfel hinauf, auf jeder Seite mit einer doppelten Reihe Zypressen besetzt. Und es waren keine noch jungen Zypressen wie die von S. Guido, sondern mächtige, fast hundertjährige Bäume mit dichtem Wipfel, die in jeder Jahreszeit ihren strengen Duft verströmten. Die Reihen waren ab und zu wechselweise von Bänken unterbrochen und einmal von einem Brunnen, dessen große Maske noch immer in Abständen Wasser spuckte. Man klomm im duftenden Schatten nach der Venaría hinauf, die in die mächtige Sonne getaucht da oben thronte.

Sie war ein Ende des 18. Jahrhunderts errichteter Jagdpavillon, der als ›ganz klein‹ galt – aber in Wirklichkeit hatte er mindestens zwanzig Zimmer. Seine Front lag entgegengesetzt zu der Seite, von der wir kamen: der Pavillon stand hier oben steil über dem gleichen Tal, das man von der Villa Comunale aus erblickte, nur daß es hier, von einer größeren Höhe aus, noch weiter und trostloser erschien.

Die Köche, die am Morgen um sieben Uhr aufgebrochen waren, hatten schon alles vorbereitet; wenn der Junge, der Ausschau hielt, das Nahen der Gruppe ankündigte, schoben sie die üblichen, denkwürdigen Makkaroni-Aufläufe à la Talleyrand in die Öfen – die einzige Vorspeise, die sich lange hält, so daß wir, als wir ankamen, kaum die Zeit hatten, uns die Hände zu waschen: man ging sogleich auf die Terrasse, wo im Freien die beiden Tafeln gedeckt waren.

Dem Auflauf folgten riesige kalte Wolfsfische in Mayonnaise, und danach gefüllte Puter und Berge von Kartoffeln – es war so viel, daß einem die Luft wegblieb. Ein dicker Gast war wirklich einmal nahe daran, daß sie ihm wegblieb: aber es rettete ihn ein Eimer kaltes Wasser, den man ihm ins Gesicht schüttete, und vorsichtshalber eine Ruhepause in einem schattigen Zimmer. Um alles wieder in Ordnung zu bringen, erschien alsdann eine jener Eistorten, in deren Verfertigung der Koch Marsala Meister war. Die Frage der Weine war, wie immer in dem mäßigen Sizilien, nicht von Wichtigkeit. Die Gäste legten zwar Wert darauf und wollten das Glas bis zum Rande gefüllt haben – »nicht zu knapp einschenken!« riefen sie dem Diener zu –, aber selbst dann leerten sie eines, höchstens zwei.

Nachdem die Sonne gesunken war, ging es heim.

Ich habe von ›Ausflügen‹ gesprochen, von einer Vielzahl; in Wirklichkeit war, wenn ich zurückdenke, der einzige richtige Ausflug der nach Venaría. In den ersten Jahren machten wir noch andere, an die ich jedoch nur eine ziemlich unbestimmte Erinnerung bewahre. Aber das Wort ›unbestimmt‹ trifft nicht ganz zu, es müßte besser heißen ›schwer auszudrückende‹. Was ich sah, hatte sich mir höchst lebhaft eingeprägt, doch es war damals noch nicht mit Worten verbunden. In der Nähe von Sciacca zum Beispiel waren wir zum Mittagessen auf dem Land, als ich wohl fünf oder sechs Jahre alt war; an das Essen, an die Menschen, die wir trafen, an die Fahrt dorthin habe ich keine Erinnerung mehr. Von Sciacca selbst jedoch, oder besser gesagt von dem Spaziergang hoch über dem Meer habe ich ein so vollständiges, genaues Bild bewahrt, daß ich, als ich vor zwei Jahren zum erstenmal nach gut fünfzig Jahren wieder nach Sciacca kam, die Szene, die ich vor Augen hatte, leicht mit der alten habe vergleichen können, die mir im Sinn haftengeblieben war; ich konnte feststellen, daß sie jener in vielem ähnlich war und daß sie in einigem von ihr abwich.

Wie immer sind meine Erinnerungen vor allem solche an ›Licht‹: in Sciacca sehe ich ein tiefblaues, fast schwarzblaues Meer, das unter der südlichen Sonne heftig funkelt; ich sehe einen jener Himmel im sizilianischen Hochsommer, die vor lauter Hitze dunstig sind; ein Geländer vor einem jähen Abfall zum Meer; eine Art Kloster, in dem links ein Café ist – und es ist noch heute dort.

Ein unfreundlicher Himmel, über den dichte Regenwolken jagen, ruft mir hingegen ein kleines Landhaus in der Nähe von Catania ins Gedächtnis; es lag auf einer steilen Höhe, zu der eine vielfach gewundene Straße hinaufführte; die Pferde mußten sie, warum, weiß ich nicht, im Galopp nehmen. Ich sehe den

Landauer vor mir mit seinen blauen, verstaubten Kissen – gerade daß sie blau waren, bewies, daß der Wagen nicht uns gehörte, sondern gemietet war. Meine Mutter saß in einer Ecke, war selber entsetzt und suchte mich zu beruhigen, während die schmächtigen Bäume neben uns vorüberflogen und entschwanden mit der Geschwindigkeit des Windes, und die Zurufe des Kutschers sich vereinten mit dem Knallen der Peitsche und dem wütenden Gebimmel der Glöckchen – nein, der Wagen gehörte wirklich nicht uns.

Von dem Haus, zu dem wir fuhren, bewahre ich eine Erinnerung, die es mir jetzt erlaubt, zu sagen, daß es herrschaftlich, aber sehr ärmlich aussah. Damals faßte ich dieses wirtschaftlich-soziale Urteil natürlich nicht in Worte, aber jetzt kann ich es getrost aussprechen, nachdem ich das in meinem Gedächtnis haftende Bild wieder hervorgeholt habe.

Gäste hatten wir in Santa Margherita wenige: damals gab es noch keine Automobile oder, richtiger gesagt, es werden in ganz Sizilien nur drei oder vier gewesen sein, und der grauenhafte Zustand der Straßen bewog die Herren dieser *rarae aves,* sich ihrer ›seltenen Vögel‹ nur in der Stadt zu bedienen.

Sehr lebhaft ist meine Erinnerung an XYZ. Er gehörte einer guten Familie des Ortes an, die Unter-Lehnsherren der Filangeri waren; die Filangeri hatten das äußerst seltene und viel beneidete Recht, auf ihren Lehnsgütern in jeder Generation im ganzen zwei Vasallen mit der Baronie zu belehnen. Die XYZ – sie waren Richter an den Gerichtshöfen ›mit der Macht zu strafen und zu richten‹ – hatten ein solches Vorrecht erhalten, und meine Großmutter nannte diesen Baron obendrein ›den ersten unter meinen Vasallen‹.
XYZ machte damals auf mich den Eindruck eines alten Mannes; in Wirklichkeit dürfte er nicht mehr als vierzig Jahre alt gewesen sein. Er war sehr groß, sehr hager, sehr kurzsichtig: trotz seiner Augengläser, die er als *pince-nez* trug – sie hatten außerordentlich dicke Linsen und drückten mit ihrem Gewicht auf die Nase –, ging er ganz gebeugt in der Hoffnung, daß er so wenigstens einen Schatten dessen wahrnehmen könne, was ihn umgab. Der Arme ist vor nicht mehr als zwanzig Jahren tatsächlich als blinder Mann gestorben.
Er war ein sehr guter, zartfühlender, wohlgelittener, aber nicht sonderlich intelligenter Mensch und hatte sein Leben – und zwar unter Vergeudung des größten Teils seines Vermögens – der Sehnsucht geweiht, ein ›elegan-

ter Mann‹ zu sein. In puncto Kleidung war ihm das sicher gelungen: ich habe nie an einem Mann eine Kleidung gesehen, die maßvoller, von besserem Schnitt, weniger auffällig gewesen wäre als die seine. Er war einer der vielen Schmetterlinge gewesen, die von der hell brennenden Lampe der Florio angezogen worden waren; er hatte sich, ein geblendeter Falter, zu ihr erhoben und sich um sie gedreht und war dann mit versengten Flügeln auf dem Tischtuch liegengeblieben. Mit den Florio war er mehr als einmal in Paris gewesen, hatte sogar im Ritz gewohnt, und von Paris – dem Paris der *boîtes,* der Luxusbordelle, der bezahlten Eleganz – hatte er eine Erinnerung behalten, die ihn noch jetzt berückte, so daß er schließlich große Ähnlichkeit besaß mit dem Ingenieur, von dem ich früher sprach; mit dem Unterschied, daß sich die Erinnerungen des letzteren um das *Quartier latin* und um das Polytechnikum drehten. Zwischen dem Ingenieur und XYZ herrschte kein sonderlich gutes Einvernehmen, vielleicht gerade wegen dieser Rivalität, wenn über die Gunstbezeigungen der *Ville Lumière* gesprochen wurde.

Der arme XYZ wurde fast blind und ist ganz arm vor einigen wenigen Jahren gestorben. Meine Mutter, die ihn bis zu seinem Ende besuchte, kehrte immer sehr bewegt zurück, denn er war schließlich so krumm, daß sein Gesicht, wenn er im Sessel saß, nur zwanzig Zentimeter vom Boden entfernt war; wollte sie mit ihm reden, so mußte sie sich auf ein Kissen unmittelbar auf den Fußboden setzen.

Achtes Kapitel

Der rosa Ess-Saal

Aber ich merke, daß ich vergessen habe, vom Eßraum zu erzählen, der aus verschiedenen Gründen einzigartig war. Einzigartig war vor allem, daß es einen solchen überhaupt gab: ich glaube, es ist sehr selten, daß in einem Hause des 18. Jahrhunderts ein Raum ausdrücklich zum Eßraum bestimmt wurde; damals aß man in irgendeinem Salon und wechselte immer, wie ich es übrigens noch jetzt halte.

In Santa Margherita hingegen gab es einen Eßraum. Er war nicht sehr groß, bequem fanden nur etwa zwanzig Tischgenossen Platz. Er sah mit zwei Balkonen auf den zweiten Hof. Die Türen waren weiß, Louis XVI mit großen Füllungen, darin vergoldete Ornamente, erhaben, in sonderbar grünlichem Gold.

An der Decke hing ein Muranoleuchter, von dessen graugetöntem Glas sich farbige Blüten abhoben.
Dem Fürsten Alessandro, der diesen Saal ausgestattet hatte, war es eingefallen, von einem ortsansässigen Maler auf die Wände sich und seine Familie malen zu lassen, während sie die Mahlzeiten einnahmen. Es waren große Gemälde auf Leinwand, deren jedes eine Wand vom Boden bis zur Decke vollkommen ausfüllte; die Figuren in Lebensgröße.
Auf dem einen Bild sah man das Frühstück: der Fürst und die Fürstin, er im grünen Jagdrock, in Stiefeln, den Hut auf dem Kopfe, sie im weißen *déshabillé*, aber mit Juwelen geschmückt, saßen an einem Tisch im Begriff, die Schokolade zu trinken, die ihnen ein kleiner Mohrensklave mit Turban reichte. Die Fürstin hielt einem ungeduldigen Bracken ein Biskuit hin, der Fürst hob eine große blaue, geblümte Tasse an den Mund.
Ein anderes Bild zeigte die Mittagsmahlzeit im Grünen: etliche Herren und Damen saßen um ein auf eine Wiese gebreitetes Tischtuch, auf dem majestätische Pasteten und strohumhüllte Flaschen standen; im Hintergrund sah man einen Brunnen, die Bäume waren ganz jung und niedrig; ich glaube, es war eben der frisch angelegte Garten von Santa Margherita.

Ein drittes Bild, das größte, zeigte das Galadiner mit den Edelleuten in kleiner, mächtig gelockter Perücke und den Damen im Reifrock; die Fürstin trug ein köstliches rosaseidenes, mit Silber appliziertes Kleid, um den Hals ein *collier de chien* und auf der Brust eine mächtige Rubinenkette. Die Diener – in großer betreßter Livree – brachten hohe, mit außergewöhnlicher Phantasie aufgetürmte Platten.

Es gab noch zwei weitere Bilder, aber ich erinnere mich nur an das eine, weil ich es immer vor mir hatte: es zeigte die Vesper der Kinder. Zwei zehn- bis zwölfjährige Mädchen, kerzengerade in ihren engen Schnepfentaillen, gepudert, saßen einem Knaben von etwa fünfzehn Jahren gegenüber – er trug einen orangefarbenen Anzug mit schwarzen Aufschlägen und einen kleinen Degen –, neben ihm eine alte Signora in Schwarz, sicher die Gouvernante; alle hielten lange Glaskelche in der Hand, aus denen große Stücke Eis von einem sonderbaren Rosa in scharfen Spitzen herausstanden.

Eine andere Sonderbarkeit des Hauses gab es im Eßraum in der Mitte des Tisches: dort stand, fest und dauerhaft, ein großes silbernes Tafelgerät, überragt von einem Neptun, der die Tafelrunde mit dem Dreizack bedrohte, während neben ihm eine Amphitrite nicht ganz ohne Bosheit schalkhaft zum Betrachter hinsah. Den Untergrund hierfür gab ein Felsen ab, der in der Mitte des silbernen Beckens aufragte und umgeben war von Delphinen und Meerungeheuern: diese spritzten – mit Hilfe eines in einem Mittelteil der Tafel verborgenen Triebwerkes – Wasser aus den Mäulern. Ein gewiß festliches und prunkhaftes Zusammenspiel, das jedoch eine Unbequemlichkeit mit sich brachte: man mußte immer Tischtücher haben mit einem großen Loch in der Mitte, aus dem der Neptun aufragte. Die hineingeschnittenen Löcher übrigens wurden mit Blüten und Blättern überdeckt. Im Saal gab es keine Anrichtetische, sondern vier große Konsolen mit Platten von rosa Marmor, wie überhaupt der ganze Raum eine rosa Tönung aufwies, im Marmor, in der rosa Toilette der Fürstin auf dem großen Bild und auch im Bezug der Sessel, der ebenfalls rosa war – nicht antik, aber sehr zart im Ton.

In einem anderen Zimmer neben dem Saal standen riesige Schränke aus gelbem Holz, deren Schlüssel verlorengegangen waren; nicht einmal in der Verwaltung wußte man, wo sie waren, und damit ist wirklich alles gesagt. Man zögerte lange, dann rief man den Schmied, und die Schlösser wurden aufgebrochen. Die Schränke enthielten Bettwäsche, Dutzende und

Aberdutzende von Laken und Kissenüberzügen, so viel, daß man ein Hotel damit hätte ausstatten können; und wenn man bedachte, daß es davon schon ungeheure Mengen in den immer zugänglichen Schränken gab! In anderen der gelben Schränke lagen reinwollene Bettdecken, mit Pfeffer und Kampfer bestreut, in wieder anderen war Tischwäsche, kleine, große und unendlich große Damast-Tischtücher, alle mit dem Loch in der Mitte. Und zwischen den einzelnen Schichten dieser häuslichen Schätze lagen Tüllsäckchen mit nun schon zu Pulver zerfallenen Lavendelblüten. Aber am interessantesten war der eine Schrank: er enthielt Kanzleimaterial aus dem 18. Jahrhundert; er war kleiner als die übrigen und vollgestopft mit riesigen Reispapierbogen, weiter mit Bündeln von Gänsefedern, die ordentlich zu je zehn Stück zusammengebunden waren, mit roten und blauen *pains à cacheter* und mit riesigen Stangen Siegellack.

Wie man sieht, war das Haus von Santa Margherita eine Art Pompeji aus dem Jahre 1800, in dem sich alles wunderbarerweise heil erhalten hatte, was immer eine Seltenheit, aber in Sizilien fast einzigartig ist, denn in diesem Lande wird aus Armut und Achtlosigkeit am allermeisten zerstört. Ich kenne die Ursachen für eine solche Dauerhaftigkeit nicht genau: vielleicht hing es damit zusammen, daß mein Urgroßvater mütterlicherseits zwischen 1820 und 1840 viele Jahre hier in einer Art Verbannung zugebracht hat; sie war ihm von den Bourbonenkönigen auferlegt worden, weil er sich bei der Marine in etliches eingemischt hatte. Vielleicht auch war der Grund die geradezu leidenschaftliche Sorgfalt meiner Großmutter; aber sie hatte auch in ihrem Verwalter einen Mann gefunden, der meines Wissens als der einzige seiner Art kein Dieb war.

Er war noch zu meiner Zeit am Leben: fast ein Zwerg, mit einem ganz langen weißen Bart; er lebte mit seiner unglaublich großen und dicken Frau in einer der vielen Wohnungen, die mit ihrem gesonderten Eingang ein Anhängsel zum Hause bildeten.

Von seiner Sorgfalt und Gewissenhaftigkeit werden Wunderdinge erzählt; etwa wie er, wenn das Haus unbewohnt war, jede Nacht mit dem Licht in der Hand hindurchging, um festzustellen, ob alle Fenster geschlossen und die Türen zugesperrt seien; wie er nur seine Frau das wertvolle Porzellan abwaschen ließ; wie er – zu den Zeiten meiner Großmutter – nach jedem Empfang die Schrauben abtastete, die sich unter den Sesseln befanden; oder wie er im Winter ganze

Tage damit verbrachte, Scharen von Hausknechten zu überwachen, die jeden, auch den entlegensten Winkel dieses mastrodontischen Hauses putzten und in Ordnung hielten.

Seine Frau war bei all ihren Jahren und ihrem wenig jugendlichen Aussehen höchst eifersüchtig; immer wieder hörten wir von entsetzlichen Szenen, die sie ihm gemacht hatte, weil sie ihn verdächtigte, er habe der Anmut einer jungen Magd zuviel Aufmerksamkeit geschenkt. Auch weiß ich gut, daß er mehr als einmal zu meiner Mutter kam, um ihr über die zu großen Ausgaben lebhafte Vorstellungen zu machen; natürlich hörte man nicht auf ihn, und vielleicht wurde er noch unfreundlich behandelt.

Sein Tod fiel zusammen mit dem jähen, unvorhergesehenen Ende unseres Landsitzes, der unter den schönsten der allerschönste war. Diese Zeilen – es wird sie niemand lesen – mögen seinem reinen Andenken eine Huldigung sein.

NACHWORT

Fast drei Jahre nachdem ›Der Leopard‹ erschienen ist, folgt hier ein zweites Buch von Giuseppe Tomasi di Lampedusa. Es enthält drei eigentliche Erzählungen: ›Die Sirene‹, ›Aufstieg eines Pächters‹, ›Freude und moralisches Gesetz‹ und eine lange autobiographische Schrift: ›Die Stätten meiner frühen Kindheit‹. Letztere ist zwar, wie es heißt, privaten Charakters und aus bestimmtem Anlaß geschrieben; doch ist sie für den heutigen Leser nicht weniger an die poetische Welt des Autors gebunden. Der Band ist also unserer Ansicht nach von besonderem Wert: erst einmal an und für sich dank der ihm zugrunde liegenden einheitlichen dichterischen Eingebung; dann darum, weil hier jede Seite in lebendiger Beziehung zum ›Leoparden‹ steht; und schließlich, weil in dem vorliegenden Band alles gesammelt ist, was Giuseppe Tomasi di Lampedusa in der letzten, intensiv schöpferischen Zeit geschrieben hat; diese fällt ungefähr mit seinen beiden letzten Lebensjahren zusammen, 1955 bis 1957.

Neben einem Buche wie ›Der Leopard‹ läuft jedes andere Gefahr, blasser zu wirken. Und doch – mag ›Der Leopard‹ noch so sehr der bleiben, der er ist – sind auch diese Novellen und die autobiographischen Seiten, die ihnen folgen, ganz offensichtlich Arbeiten ersten Ranges. Wir täuschen uns darin nicht: sie verdienen es im höchsten Grade, neben dem Meisterwerk zu erscheinen und als das gewertet zu werden, was sie sind: geringer nur an Umfang, nicht aber an einem ihnen eigenen Wert.

Von den drei Erzählungen knüpft der ›Aufstieg eines Pächters‹ am unmittelbarsten an den ›Leoparden‹ an. Fürstin Alessandra di Lampedusa, die Gemahlin des Autors, teilt uns mit, daß diese Erzählung nicht als etwas für sich gedacht war, sondern daß sie als das erste Kapitel eines neuen Romans entstanden ist, der unter dem Titel ›Die blinden Kätzchen‹ in einer gewissen Weise die Fortsetzung und den Schluß des ›Leoparden‹ bilden sollte. In der Tat erweist sich hier der Zusammenhang mit dem Roman schon beim ersten Blick als äußerst eng. Wir befinden uns in den Anfangsjahren des 20. Jahrhunderts, etwa in der Zeit, als die einbalsamierte Hülle des Hundes Bendicò ihren Schluß-Flug aus dem Fenster vollführt. Noch einmal steht das Sizilien der Feudalzeit vor uns, auf den Lehnsgütern im Innern und in den Palästen in Palermo: auf der einen Seite seine Neureichen, die Ibba, habgieriger, roher und wilder als je, auf der anderen seine Aristokraten, die, wie meist, der Lage nicht gewachsen sind. Der Verwalter Ferrara, der sich am Anfang in das Haus von Batassano Ibba nach Gibilmonte begibt, um das Geld für einen Landverkauf abzuholen, ist der Sohn jenes kleinbürgerlich-liberalen Verwalters Ferrara, der im ›Leoparden‹ erscheint. Fabrizietto Salina, der Herr, für den der junge Ferrara das Geld einkassiert, ist der Enkel des »großen Fürsten«, des berühmten Don Fabrizio Salina, um den sich der ganze Roman dreht. Aber ganz abgesehen von jeder inhaltlichen Verwandtschaft, spricht auch die Erzählung, genau wie der Roman, von Tod und Verfall. Die Zeit übt keine Nachsicht: sie ändert nicht nur alles und kehrt es um, sondern sie schlägt allmählich immer zerstörerischer zu, die Schläge fallen immer dichter und schwerer. Der junge Ferrara ist also, in Übereinstimmung damit, nur noch ein verblaßtes Abbild des Vaters; Fabrizietto Salina ist nur der noch eben angedeutete Schatten des mächtigen Großvaters. Was die Ibba anlangt, die Reichgewordenen der auf die Sedàra folgenden Generation, so sind auch sie viel schlechter als die, die ihnen vor fünfzig Jahren auf dem Wege des Wohlstands und der Macht vorangegangen sind. Sie kommen unmittelbar von der Erde her, noch am Tage vorher waren sie Bauern, die nicht lesen und schreiben konnten. Die soziale Revolution, die sie vorausverkündigen – die Söhne in Marineblau, wir meinen, wir sähen sie in etwa zwanzig Jahren schon in Faschistenuniform –, ist nicht mehr romantisch wie im Risorgimento, sondern hart, auf armselige Art kleinbürgerlich.

Aber was heute in jedem Fall mehr zählt, ist die Feststellung, daß dieses erste Kapitel eines Romans, der zum allergrößten Teil noch zu vollenden gewesen wäre, sehr wohl auch so, für sich allein, dastehen kann. Der Schauplatz ist natürlich weniger weiträumig; doch die Hand, behende und von dichterischer Eingebung geführt, ist ohne Zweifel dieselbe, die den ›Leoparden‹ niedergeschrieben hat. Niemand wird so leicht die Schlußszene vergessen, in der eine Anzahl palermitaner Aristokraten im Klub diskutieren und Märchen erzählen über die mutmaßlichen Reichtümer der von Pächtern zu großen Landbesitzern aufgestiegenen Ibba. Sie erinnert an Gogol, Balzac, Flaubert, Maupassant, unzweifelhaft die Meister, die Tomasi di Lampedusa bei diesen seinen Schilderungen der hier heimischen *mœurs de province* im Auge hatte. Nur daß der tiefe Sinn, die *Idee,* die hinter der Szene steht, dann doch allein Tomasi di Lampedusa und uns angeht, seine »redenden« Zeitgenossen, für die es, wenn sie über ihn schreiben, wohl keinen italienischen Erzähler unserer Zeit gibt, der mehr *nachgedacht* hätte.

Vollkommen ist auf ihren wenigen Seiten auch die zweite Novelle: ›Freude und moralisches Gesetz‹. Der Autor verbirgt hier unter der Schale einer Erzählung vom Typ des 19. Jahrhunderts wie üblich den besonderen, unverrückbaren Charakter seiner dichterischen Eingebung: sie ist eher moralisch und politisch als nur künstlerisch im Sinne des *l'art pour l'art.* Man denke an den ›Leoparden‹; dieser ist nicht zuletzt eine große politische Anklageschrift.

Aber sehr viel mehr Gewicht hat die lange Erzählung ›Die Sirene‹. Sie wurde, scheint es, im Jahre 1956 geschrieben, nach Rückkehr des Autors von einer kleinen sommerlichen Reise an die Küste von Augusta. ›Die Sirene‹ ist zweifellos das stärkste Stück der

Sammlung. Wir brauchen die Aufmerksamkeit des Lesers hier nicht auf die offenkundigsten Vorzüge zu lenken: von der Schilderung des gespenstischen Turiner Cafés am Anfang bis zu der panischen Orgie am Schluß, deren Protagonisten der junge sizilianische Philologe und die Sirene Ligäa sind. Wie immer hat Tomasi di Lampedusa seiner Erzählkunst zuliebe als untadeliger Schriftsteller seine ganze Bildung, seine ganze Erfahrung zu Hilfe genommen. Er hat an Böcklin gedacht, an Wells – er führt ihn sogar an –, vielleicht an ›Die Wahrheit über den Fall Motta‹ von Soldati, und seine zwischen bitterster Ironie und einem voll entfalteten Sprachklang spielende Prosa ist wohl nie so schön, reich, bestrickend gewesen wie in der ›Sirene‹. Doch auch hier, in dieser neuen moralischen Parabel, zählt hauptsächlich das, was sie bedeutet. In dem Professor La Ciura, dem alten, großen Mann, der in seinem ganzen übrigen Leben keusch blieb, weil er als junger Mensch die Liebe der Sirene gekostet hatte, ist vielleicht mehr von dem Dichter Tomasi aufbewahrt als selbst in Don Fabrizio Salina, dieser zumal in der Todesstunde dem Schriftsteller so nahen, so erschütternd autobiographischen Persönlichkeit. Will man Tomasi di Lampedusa wirklich begreifen, will man die Botschaft eben des ›Leoparden‹

nicht mißverstehen, der, wir wiederholen es, in erster Linie moralisch und politisch ist und das Zeichen der wahrsten Originalität und Modernität des Romans an sich trägt, so muß man auch diesen anderen Aristokraten – einen Aristokraten des Geistes – im Auge behalten, diesen anderen alten Exzentriker, den verzweifelten Mann, der den Tod und das Nichts hofiert: den Professor La Ciura.

Schließlich bleibt noch einiges über ›Die Stätten meiner frühen Kindheit‹ zu sagen.
Was diese Seiten anlangt – sie haben im Unterschied zu den vorhergehenden leider nicht mit dem urschriftlichen Manuskript verglichen werden können –, so muß man dazu bemerken, daß der Fürst von Lampedusa, als er sich im Herbst des Jahres 1955 anschickte, ein Schriftsteller zu werden, sie als erste niedergeschrieben hat. Es scheint – auch das berichtet die Fürstin Alessandra –, daß sie nicht dazu bestimmt waren, publiziert zu werden. Es sind vorwiegend Beschreibungen der beiden großen Häuser, das eine in der Stadt, das andere auf dem Land, in denen Tomasi di Lampedusa seine Kindheit verbrachte: beide sind untergegangen – das in Palermo zerstörten im

Jahre 1943 die Bomben der Alliierten, das in Santa Margherita verkaufte der Onkel, der sozialistische Abgeordnete im Parlament Fürst Alessandro Tasca di Cutò, in den Jahren nach dem ersten Weltkrieg; es ist heute in seinen Überresten nahezu unkenntlich. Diese Erinnerungen also haben einen privateren, intimeren Charakter als die Novellen; denn sie wurden – auch das bezeugt die Fürstin Alessandra – geschrieben, um »die Traurigkeit« zu mildern, die der Autor über den Verlust der beiden mit den liebsten Erinnerungen seines Lebens verbundenen Behausungen empfand. Sie bedeuten »einen Versuch, das Heimweh zu neutralisieren dadurch, daß er die Erinnerungen, die mit der Zeit seiner Kindheit verknüpft waren, wieder heraufrief«.

Sei dem, wie ihm sei – und nachweislich nahm ja viel von diesem Material bald danach ›Der Leopard‹ in sich auf –, Tatsache ist, daß ›Die Stätten meiner frühen Kindheit‹ doch immer einen außerordentlichen selbständigen Wert darstellen. Die Villa von Santa Margherita ist zweifellos dieselbe wie die von Donnafugata. Aber was liegt daran? Hier ist das Auge des Schriftstellers womöglich noch schärfer, seine Hand erweist sich als noch genauer und eleganter. Und die Erinnerung an das prunkhafte sinfonische

Largo, das Tancredi und Angelica leitet, als sie in ihrem verliebten Spiel mit dem Feuer ein Zimmer nach dem anderen entdecken, hindert uns gewiß nicht daran, mit dem gleichen Vergnügen auf den Klang dieser Kammermusik zu hören, die delikat, einfach, mit bezauberndem Zögern wie aus dem 18. Jahrhundert an unser Ohr dringt.

Juni 1961 Giorgio Bassani

INHALT

Die Sirene

5

Aufstieg eines Pächters

59

Freude
und moralisches Gesetz

91

Die Stätten
meiner frühen Kindheit

103

Nachwort
von Giorgio Bassani

179

Italienische Literatur (Auswahl)

Giorgio Bassani · Die Gärten der Finzi-Contini
Roman. Aus dem Italienischen von Herbert Schlüter. 7. Aufl., 31. Tsd. 1985. 358 Seiten. Serie Piper 314

Carlo Fruttero/Franco Lucentini · Wie weit ist die Nacht
Roman. Aus dem Italienischen von Herbert Schlüter und Inez De Florio-Hansen. 1981. 572 Seiten. Geb.

Carlo Emilio Gadda · Die gräßliche Bescherung in der Via Merulana
Roman. Aus dem Italienischen von Toni Kienlechner. 1961. 410 Seiten. Leinen

Italienische Erzählungen des 20. Jahrhunderts
Herausgegeben von Klaus Stiller. 1982. 463 Seiten. Leinen

Eugenio Montale · Glorie des Mittags
Ausgewählte Gedichte. Italienisch/Deutsch. Übertragen und mit einem Nachwort von Herbert Frenzel. 1975. 176 Seiten. Geb.

Eugenio Montale · Satura/Diario
Aus den späten Zyklen. Italienisch/Deutsch. Übertragen und mit einem Nachwort von Michael Marschall von Bieberstein. 1976. 190 Seiten. Geb.

Pier Paolo Pasolini · Accattone
Aus dem Italienischen von Ulrich Enzensberger. 1984. 124 Seiten mit 24 Abbildungen. Serie Piper 344

Pier Paolo Pasolini · Gramsci's Asche
Gedichte. Italienisch/Deutsch. Mit einem Nachwort von Michael Marschall von Bieberstein. Aus dem Italienischen von Toni Kienlechner. 1983. 192 Seiten. Serie Piper 313

Pier Paolo Pasolini · Teorema oder Die nackten Füße
Aus dem Italienischen von Heinz Riedt. 3. Aufl., 14. Tsd. 1983. 191 Seiten. Serie Piper 200

Pier Paolo Pasolini · Mamma Roma
Aus dem Italienischen von Ulrich Enzensberger. 1985. 118 Seiten. Serie Piper 302

Pier Paolo Pasolini · Vita Violenta
Roman. Aus dem Italienischen von Gur Bland. 4. Aufl., 21. Tsd. 1985. 444 Seiten. Serie Piper 240

Giuseppe Tomasi di Lampedusa · Der Leopard
Roman. Aus dem Italienischen von Charlotte Birnbaum. 18. Aufl., 220. Tsd. 1985. 198 Seiten. Serie Piper 320

Federigo Tozzi · Das Gehöft
Roman. Aus dem Italienischen von Ragni Maria Gschwend. 3. Aufl., 8. Tsd. 1985. 179 Seiten. Geb.

PIPER